刘涟清 著

倥偬集

復旦大學 出版社

刘涟清 安徽省界首市人，高级工程师。

曾任上海铁路局局长、党委书记；铁道部中美铁路协调组组长。上海市第十二届、第十三届人大代表，政协上海市第十一届、第十二届委员；曾兼任上海市交通运输行业协会第四届、第五届理事会会长。现任上海安徽经济文化促进会会长。

序

贺刘涟清先生《倥偬集》付梓

林在勇

三伏天拜读诗集，尚为之血热气清，感慨系之，即作小诗一首。

七绝·贺刘涟清先生《倥偬集》付梓

方诵明清佳句近，
应知倥偬盛名迟。
晚情谁看不毛胫，
壮岁自行无字诗。

刘涟清先生曾是上海铁路局局长、党委书记，更是为中国高铁事业取得举世瞩目成就的一位亲历者、贡献者，如今年逾古稀，其将近20年来特别是退休以后的400余首诗作中选出200余首辑为一编。予谓之其人体国济世半生，或终将以诗流芳乎哉！

言为心声，文以载道。凡作诗者，他的见识高度、心胸局量、所系所怀、旨趣修养、诗学功力、审美才情，那是分毫藏不住的。诗作在前，一望可知，高下立判。

刘先生的诗，自有一股正大之气。正因为有拳拳爱国之心，朴素为民之志，即便是书写讴歌赞美的词句，也不是那种排比口号、堆砌辞藻的老干体。“时传周边多警事，总图家国少担忧。匹夫之责当倾尽，岂只安为稻粱谋?”

诗集中多有通透达观之意态，这是能尽本职应分之人才会有的那种庄重的洒脱，而不是那种心怀怨望的超离。这一点我也是十分敬佩的。如《桂花谢》：“香销枝满叶，花落地铺金。且别来秋见，争春岂本心?”又如《湖边感春六首》之六：“落花何必潸然泪，当见秋成果压枝。”善尽职守，方能心安适意。如《乡居》：“碧波摇映水芸姿，枫叶初红饰小枝。轻霭无心皴素壁，残阳有意透琼篱。湖边陋屋稀宾客，砚上柔毫赖帖师。明月高梢金粟影，兴来即诵饮泉诗。”

刘先生诗风和学养更近于明诗清诗，但其实不乏唐宋格调理致。他化用古人也不是模仿，而能自出其意。如《重阳感怀》：“茱萸鲜有人插戴，却望垂纶聚钓矶。”刘诗颇得乐而不淫、哀而不伤之旨，即便是感时伤事，写来仍有从容诗意。如《因疫情晚来观花口占》：“今朝我至花方谢，前月花繁我未来。”诗中也时常能看到一位花甲之年的诗人童心，看看诗人很得意自己跟鹧鸪的声战胜利。如《铜陵池州途中小憩》：“伫立凝眸眺越吴，谷风撩发感清孤。仰天一啸传声远，荡漾回音噤鹧鸪。”

做诗要有诗趣，好的诗人心灵和眼睛就是不一样的。哪怕是闲庭荒垄、平铺直叙，也意趣横生。如《小院》：“村屋来居少，闲庭尽草莱。蔓藜侵小径，荒垄衍香茴。细蝶旋花舞，丛蒲近水栽。小狸聊泼赖，阶上弄青苔。”再如《竹林边观花》：“一片垂云佯作雨，惹慌群淑避筠廊。”很难想象他花甲古稀之年还能做出如此有趣的诗句，诗人生动活泼爱他人爱生活爱自然的情态，就在这样的诗句里得以鲜活表现。

刘先生的职业生涯可谓辉煌，既是领导又是专家，可是他始终保持有赤子之心，总在说自己农家出身，他的诗也就真有那种与普通人民共情的本色。我特别喜欢他那几首农村的诗。如《农家》：“门前溪水转东湾，屋后修篁覆小山。豆架凉棚无坐客，农家六月少人闲。”再如《观插秧》：“夏日郊游忘路遥，午中慵倦歇篷寮。乡人无兴嬉闲鹭，不误农时抢插苗。”虽然三连阳平韵通常不谐，但在此处观看农家插秧，倒也不失为民谣风歌一般的节奏和味道。又如《对话老农》：“牵牛荷耙野塘边，才了村西二亩田。非是不呼机器用，只缘小径太蜿蜒。”朴实无华的白话，却是笔墨更难写更见功力。

这首《打工哥小孙》令人印象深刻。“年届三旬已两儿，夫妻苦挣勉维持。房租学费消过半，赡养娘亲未敢迟。双子读书须返籍，无门荐引难投师。奔求得助终如愿，忍遣妻随为务炊。”他对劳动人民的关切是真实的真切的，这样的诗句放在历史长河中都有自己的价值。

他也写下了脱贫攻坚年代的亲身见闻。《听山民说》用了仄韵古体，十分妥帖达意。“而今政策好，山民渐富了。茶叶连担采，耳菇价如宝。呼儿下山去，满车装药草。种田无税赋，患恙有医保。免费教童稚，建院敬翁媪。古传桃花源，我山何须找！”诗人有的时候并不是说有意回避时代，我们对时代进步和值得歌颂的部分，有时是苦于一时难以用艺术语言表达。我们完全能体会他在这首诗里那种感触，那种为老百姓高兴的心情。我们走访乡村，能够发现在历史和现实的交汇中那种可贵的进步和老百姓的小确幸。他认真地在这个时代生活，关注着这个世界的变化，如《报载因气候变暖美阿拉斯加巨冰融化北极熊迁逃俄一北极圈内岛屿》等，这比起时下风气，一拉开架子作诗要么大言空话要么春愁腹疼要有意义得多。

他在俄罗斯和美国写的诗文，完全能够折射出他对国际共运、人民命运、世势国运的识见感悟，包括他的情感取向。读者认真一读会相信这是一位真信真行真言的真诗人。如《参观阿芙乐尔巡洋舰》：“旧舰经年傍岸停，曾发炮响震俄京。摧拉腐朽崩白雪，呜唤劳工举赤旌。后继不肖析裂土，往车有鉴醒酣酲。游人莫问前朝事，湟瓦流波似怨声。”

想做一个好的诗人，心灵还是要高贵的。我觉得通过这两首诗能够触摸到刘先生的精神世界。《高铁上读书顿倦闭目而思》：“半生拼搏未成空，夙志还酬莫论功。蠡海一抔甘束浪，追时三百自腾冲。老来翻卷偿偏爱，少小寻真记寸衷。回看西山林霭起，枯梅依旧沐东风。”《感事寄韩主委》：“青葱自许不言难，几克雄关锷未残。率性岂知观面色，摅怀无忌放云端。功名缰锁思时解，学问诗书意绰宽。倥偬勤诫勿过往，如蜂辛苦拒阑珊。”

他的诗格律严整，少有瑕疵，这在现如今极其难能可贵，何况他完全没有古典韵文学的教育学习背景。他是认真的。有人说你们诗人是艺术家，言下之意以为我们自由得不得了，但是一位真正好的诗人是高度负责，细致入微的，否则如何写出律诗。我想刘先生大半生的职业工作已经说明了他的人格特征。按我们当下做格律诗水平，原本再不应该对刘先生的诗作吹毛求疵，不过我在想，刘先生对自己的期望应该也是更高的，假如能够更好推敲一下对仗和炼字，有些诗作会更经典足范些。

从年辈上我应该尊称刘先生为老大哥，本来哪敢妄语成文，有感刘先生谦谦君子之风，也是知名出版人王联合编审催促颇紧，写了这份粗浅读后感，不当之处，敬乞海涵。

2022 年 8 月 26 日于上海师范大学

（作者系人文学者、作家，上海师范大学党委书记）

倥偬集

目录

卷一

卷二

卷三

卷四

·
·
·
·

卷五

卷一

华夏崛兴时正劲
谁怜隅角泣西风

中共建党百年礼赞二首

（一）

神州飘簸盗群侵，英烈抛颅醒世人。
代换军阀依枉路，置渊黎庶处悲辛。
夜暝曙鼓东方亮，马列红旗主义真。
百载卓绝承后继，中华伟立耀乾坤。

飘簸：飘摇颠簸。
枉路：弯曲的道路，冤枉路。
夜暝：犹黑夜。
曙鼓：报晓的更鼓声。

（二）

中华危患遍忧哀，志士千遭觅路徊。
马列真经传域内，苏俄舰炮震迷埃。
石门建党惊天举，红舫航河启肇开。
浩漾洪流冲旧垒，江山百战始得来。

旧垒：旧的堡垒，比喻旧的社会、旧的阵营。

参观盐城新四军纪念馆

回溯当年乱世情，犯华倭寇逞凶狞。
延安公直拼生死，重庆私怀背约盟。
云岭燃萁惊海内，苏中奋起再擎旌。
军民携手迎千战，红色江山铁铸成。

燃萁：《世说新语》载："文帝（曹丕）尝令东阿王（曹植）七步中作诗，不成者行大法。应声便为诗曰：'煮豆持作羹，漉菽以为汁。萁在釜下然，豆在釜中泣。本自同根生，相煎何太急。'帝深有惭色。"后以"煮豆燃萁"比喻骨肉相残。

迎八一座谈会即席献诗

霸权玩火堵围攻，怎忍中华日兴隆？
豺虎咆哮龇豁齿，我师威武显豪雄。
奠基先烈忘生死，染血军旗展鲜红。
钢铁长城何所惧，残阳西坠水奔东。

再读林公诗

少小孚萌报国思，总将座右勒公诗。
甘为大众趋殃祸，虽比驽骀竭骋驰。
卌载拼争倥偬度，古稀犹记誓言辞。
心忧荆楚瘟情险，目盯荧屏盼吉时。

作于2020年2月11日。每读林则徐“苟利国家生死以，岂因祸福避趋之”诗句，总心生景仰，至崇至敬。时下新冠肺疫肆虐，国家有难，余无力可尽，尤感惭愧。

孚萌：孵育滋生。
勒：雕刻，画，写。
誓言辞：入党宣誓词。

庚子春节看武汉疫情突起新闻有感

云低雨疾岁元移，空落街衢寂四维。

本应亲朋恭盛会，堪嗟瘟瘴搅污霉。

江城封围千全策，举国凝心一盘棋。

各路援医驰武汉，展旌决胜指穷期。

再题武汉战疫

江汉疫情频告急，八方劲旅赴剋期。

大医无畏拼生死，勇士多谋狩巨罴。

决胜运筹全国应，同心聚力泰山移。

彷徨踱屋心难尽，不惴聱牙献陋诗。

读《龙山诗群》

纷遣佳辞竞放鸣，咏题十九惦江城。
从来士庶情关国，自古书生愿请缨。
枢纽雷霆澄玉宇，江河波浪荡峥嵘。
英雄危难丛攒出，各以精忠写史评。

请缨：故事见《汉书·终军传》："军自请：'愿受长缨，必羁南越王而致之阙下。'"后以"请缨"指自告奋勇请求杀敌。

丛攒：众多，罗列分布。

闻“归零”

江汉弥瘟百姓伤，相连骨肉誓铿锵。
千门封圄开雷火，十面驰援启疗舱。
亿众同仇拼昼夜，大医神手念甘棠。
功成当计将来事，抹泪铭心驭骏骧！

2020 年 3 月 8 日，国家卫健委宣布除湖北外各地均无本土确诊病例，实现“归零”。

雷火：雷鸣电闪。〔元〕杨奂《游嵩山·龙潭》诗：“不言动鬼神，翻疑触雷火。”此恰指雷神山、火神山医院。

甘棠：《史记》述：“召公巡行乡邑，有棠树，决狱政事其下，自侯伯至庶人各得其所，无失职者。召公卒，而民人思召公之政，怀棠树不敢伐，歌咏之，作《甘棠》之诗。”后常以“甘棠”称颂良官循吏的德政。

春分闻武汉疫情三项全部归零

丽日蓝天春恰半，早风幽爽弃慵眠。
岁来宅舍情关疫，时为精忠泪潸然。
老树梢头芽蘖短，小丛花蕊细蜂翩。
晨听最快人心事，擒定瘟凶锁大圈。

大圈：指“0”。

无　题

庚子如传又孽年，罕闻降祸逦缠牵。
新冠煞耗弥三楚，携浪洪涛漫九川。
十四亿人连铁壁，百二同忾气冲天。
可怜第一啕汤釜，谁止疯痴打乱拳？

孽年：灾害之年。
百二：以二敌百。又说是指百的一倍。后以喻山河险固之地。出处见《史记·高祖本纪》。
第一：某国元首常叫本国“第一”。

观《跨过鸭绿江》电视剧四首

（一）决议出师

共和新日耀方东，五亿神州掷弊穷。
山姆隔洋颠半岛，纠师执仗逞狂疯。
中朝唇齿交亲厚，家国情怀感受同。
领袖高瞻发义旅，乾坤大手拂飘蓬。

（二）渡江初战

石桥水下影沦湮，卅万雄师渡悄然。
装备一流敌仗势，精神奋发我居先。
巧谋布阵彭帅智，骄妄顽冥麦酋癫。
初试锋芒传捷讯，几人兵法解真诠？

石桥：我志愿军创造性地在鸭绿江水面下用石条铺设通道，以避过美空军观察、轰炸。

彭帅：彭德怀元帅。

麦酋：麦克阿瑟将军。

真诠：真实的道理。

（三）长津湖之战

鸿混山风啸漭原，冰坚如铁酷寒天。

智伏更仗雄豪气，拼战尤压劲旅顽。

蛇斩五截驱入瓮，攻防十面灭敌团。

长津卧雪群英像，血肉男儿似铸然。

（新韵）

长津湖战役中，10余万衣着单薄的志愿军昼伏夜行，忍受着酷寒、饥饿、疲劳在覆盖着厚雪的山林中连续行军，以惊人的毅力克服千难万险，成功将美军陆战第1师和步兵第7师截为5段，创造了抗美援朝战争中全歼美军一个整团的纪录，迫使美军王牌部队经历了有史以来“路程最长的退却”。此役，志愿军战士亦为严寒所冻牺牲4000余人。

（四）上甘岭战役

弱强遑论几侦量，五战交锋美帝惶。
巨弹倾波山炸矮，坑壕委折敌愁肠。
忍堪炽焰邱少云，扑堵机枪黄继光。
英烈舍身赢胜利，感人泪下湿衣裳。

此组诗作于2021年9月。

遑（huáng）论：不必说，不用再说。遑，即空闲。
侦量：暗自揣测。

哀悼吴孟超、袁隆平院士

无限哀思贯长空，一时陨落巨双星。
神超华祖除民瘼，功甚司农海内丰。
当置凌烟阁上祭，默听十里道中声。
欣忻国士光灵在，千万菁英继后赓。

华祖：即华佗，我国东汉时大医学家，被誉为世界上的外科和麻醉科的鼻祖，也是体疗法的创始人。
司农：上古时代负责教民稼穑的农官。
凌烟阁：唐代为表彰功臣而建筑的绘有功臣图像的高阁。
光灵：神灵，灵魂，精神。

五四感事寄青年朋友

衰颜经岁又添痕，尚忆青骢系老心。
十抱古槐荚串串，无边云栋叶森森。
竹直霄际缘节劲，梅放寒馨赖土深。
万里长河东海去，健儿搏浪比龙鳞。

（新韵）

比：较量。
龙鳞：龙的鳞甲，指“龙”。

赞赴萧县义诊专家

植杏扬医传岁长，
岐黄高德感天苍。
莫言刀砭锋芒冷，
皆是仁心古道肠。

植杏：相传三国吴董奉隐居庐山，为人治病不取钱，但使重病愈者植杏五株，轻者一株，积年蔚然成林。后因以“杏林”代指良医。

岐黄：岐伯和黄帝，相传为医家之祖。后以“岐黄”为中医医术乃至医生的代称。

砭（biān）：古代治病用的石针，“刀砭”借指医疗器械。

贺神舟十三号发射成功并赞三位航天员

问天阁畔送三英，歌舞摇旗壮启行。
华夏雄兴无典例，太空辟建有新城。
心铭亲友千般嘱，志探苍穹万象情。
月阙月圆时仰望，归来摘得满囊星。

作于2021年10月16日凌晨。

三英：指航天员翟志刚、王亚平、叶光富。
"月阙……满囊星"句：王亚平的5岁女儿要她归来时"摘好多好多星星送给小伙伴"，童心可爱；另亦有祝愿丰硕科技成果之意。

赠李外长

曾使幽庵曜灿星，每持正义辩群英。
相如两举秦王惧，晏子三诘楚主惊。
侃侃议堂呈华采，篇篇文典胜刀兵。
总倾外长多才气，随赋诗吟寄壮情。

（新韵）

作于2019年10月22日。昨听共和国前外长李肇星谈话。李外长平易近人，幽默诙谐，机敏睿智，知识渊博，诗文同样华彩。李外长赠书并题词。余不揣冒昧，作七律一首相赠。

使：出使。

幽庵：谐音，即UN（联合国）。

“相如……”句：战国时期赵国蔺相如出使秦国，不畏强权，确保国宝和氏璧的故事。详见“完璧归赵”。

“晏子……”句：晏子，即晏婴，春秋时期齐国的政治家、外交家。晏子出使楚国，以凛然正气及卓越口才维护齐国的尊严。详见〔汉〕刘向《晏子使楚》文。

和晓铃友观国庆70周年阅兵感怀

世界凝眸瞩北京，辉煌七秩庆恢宏。
雄师威武惊敌胆，亿众欢腾颂太平。
先烈奠基抛热血，后生继志启新程。
何堪未竟团圆业，勒马出征再请缨！

（新韵）

附： 晓铃友《观国庆阅兵和游行感怀》

金秋十月举国庆，万众欢腾看北京。
红旗猎猎军威壮，花海洋洋笑脸红。
永缅英雄励后辈，长怀伟志奔新程。
复兴梦想将成真，奋斗团结步莫停。

七秩：七十岁。秩，十年。

依韵和毛伢君《过奉化雪窦山》

战罢三番势已萧，残兵荒落缩台礁。
重来卷土沉空梦，枉过生山种孽苗。
几跳猢狲摇巨树，一飞莱鸟扮凶枭。
慈湖卧者如知事，悔不当初构海桥。

附：刘毛伢《过奉化雪窦山》

一笑恩仇岂已遥，劫灰历历土成焦。
钱塘浪起宋何在，函谷风过唐早消。
几只寒鸦栖柳树，一行残篆忆云雕。
繁花半季倏然去，唯剩空山守寂寥。

战罢三番：指解放战争辽沈、淮海、平津三大战役。

生山：指有利于攻守进退的山头。《孙膑兵法·地葆》：“南阵之山，生山也；东阵之山，死山也。”

孽苗：恶劣的根苗。

枭：猫头鹰，常以喻恶人。

慈湖卧者：蒋介石灵柩暂厝于台湾桃园县大溪镇慈湖，故如是称之。

和毓贤馆员《七律·心贞似玉》

铁兵自始出豪英，善建惊天大工程。
国擘蓝图凭巨匠，怀襟山海任摅情。
创新总会多谋事，攻堡冲锋享盛名。
高铁纵横如电掣，避荣忘誉再长征。

附：　路毓贤《七律·心贞似玉》

基层虽苦出豪英，时代方能有进程。
再美蓝图需实干，创新技术靠真诚。
攻关常是三更事，劳动仍为一线兵。
满脸汗珠真可敬，浑身泥土最光荣。

铁兵：指铁路工程建设职工。
摅情：抒发情怀。

乘京沪高铁

电闪横划掠巨鲸，临窗顾看景皆倾。
江南午暖花成海，河北春寒树碎琼。
纵跨三千飏斗尾，憩休一刻抵京城。
虽言已达尊高处，更有巍峨再出征。

作于2013年3月10日。

碎琼：玉屑。此指树枝上结冰初化，如玉屑落下。
飏（yáng）：飞扬，飘扬。
斗尾：星宿名。斗，因像斗形，故以为名，指北斗七星；尾，东方苍龙七宿之第六宿，有星九颗。

乘列车抵扬州

五月广陵花覆径，升腾舞悦响弦笙。
西湖俏影昭仙苑，八怪锋毫蔚演承。
去岁铁龙驰古郡，今朝扬润起长虹。
千年厚重修福地，江左勃发乘惠风。

（新韵）

2004 年扬州铁路通车，2005 年润扬大桥通车。

八怪：清代中期活动于扬州地区一批风格相近的书画家，称“扬州八怪”。一般指罗聘、李方膺、李鱓、金农、黄慎、郑燮、高翔和汪士慎八人。
演承：世代继承。

乘高铁逢雪过南京南站

混茫一派掩村墟，雪覆千畴草木稀。
诸业盈丰辞旧岁，旅人屈指计归期。
寒巢结树旋蓝鹊，暖驿迎宾振紫衣。
衢巷皆鸣高铁赞，孰知营构百折曲？

（新韵）

暖驿：指高铁候车大厅。

振紫衣：振衣，整理衣裳。典出《史记·屈原贾生列传》："新沐者必弹冠，新浴者必振衣。"紫衣，指女性铁路客运服务人员制服多为紫红色。

营构：建造，建设。

战雪三吟

（一）题杭州站职工斗风雪保畅通

旅人廿万归心迫，
铁甲三千戮战急。
丹赤可融十丈雪，
誓教天帝举降旗！

（新韵）

（二）浙赣线乘机车于途中口占

漭然一派地连天，
凛冽霜风四九寒。
威武铁军坚壁障，
笑挥巨列雪飞烟。

（新韵）

（三）现场与清扫道岔积雪职工交谈

数日未休熬赤眼，
哑然相对系喉干。
或询最美何能事，
雪霁甜甘半日眠。

（新韵）

2008 年 1 月正值“春运”高峰时段，大雪袭来，铁路运输严重受阻，时值余于浙江铁路指挥抗雪灾保春运，目睹铁路职工不辞辛苦、顽强拼搏，深受感动，写下三首小诗。

忆一九九一年大洪水

入夏江淮天似漏，洪涛肆虐道行舟。
路桥倾陷传输断，雪片求援调度愁。
国脉岂容稍瞬阻，铁军誓立砥中流。
月余水退归家去，小女嘻称一黑猴。

作于 2012 年 7 月。忆 1991 年初夏江淮特大洪水，余在抗洪抢险现场日夜奋战，月余未回家。

参观高铁杭州西站建设工地

湖西叠嶂秋山外，临望平坡起沸腾。
塔架三千林秀树，铁兵万四日连星。
宏图放眼初成器，枢纽来年启客迎。
华夏崛兴时正劲，谁怜隅角泣西风？

（新韵）

在建的高铁杭州西站区域总规划面积58平方公里。车站总建筑面积51万平方米，四条地铁线路接入。现场有五个大型施工单位，施工总人员1.4万人。

湖西：杭州西湖西方向。
隅角：角落。

眺高铁窗外

远眺群峦展四隈，白云浮托絮成堆。
几峰楚岫连天宇，百汇吴涛荡积颓。
遍见高楼遮畔际，何寻禾稼覆田栽。
生黎亿万头条事，怎避惊雷响九陔？

楚岫：楚地山峦。此指长江中游一带。
吴涛：吴地河流。
畔际：界限，边际，天际线。
头条事：指民以食为天。
九陔：普天下之意。

晨乘沪杭机车巡路感春之气息

层林薄雾蔚氲氤，阡陌城乡后绝尘。
柳蘸清溪书长卷，桃妆红袖伴芳邻。
轻舟拨浪航程远，巨列飞驰轨道新。
最是一年春好处，万里铁路没闲人！

作于 2004 年 3 月 18 日。

参观加州铁路博物馆华工修建横跨两洋美洲铁路雕塑及实物

情景灵生惹愕惊，国衰民瘼鬻身轻。
岂甘牛马鞭驱役，忍为西酋斩雪峰。
多赖天聪几险死，终得铁道一朝通。
今非昔比乾坤转，华夏神车赛玉骢。

（新韵）

作于2010年8月，圣克朗门托。一诗写罢，思绪仍长，又填词《破阵子·加州铁路博物馆华工雕塑》：

深谷危岩旋鹞，欹垂绳索拴腰。锤击钎錾迸石火，炮捻蜒燃命险抛。华工智勇高。

泪别故乡老小，命由大海狂涛。屈辱忍情挥汗雨，铁路连通两海潮。遗躯葬异蒿。

返乡过年建筑农民工记述

寒凄风雨罩纱帏，浪拍江堤溅沫飞。
叶尽疏枝摇瘦树，羽丰迁鹳宿芦圻。
还乡缄口惭漂泊，回首观楼傲汗挥。
难得温馨蜗半月，遵规防疫闭柴扉。

纱帏：纱帐。此喻雨如纱帐。
芦圻：有芦苇的岸边。圻，弯曲的水岸。

秋　高

忍舍秋高伴友游，支颐伏案刻心谋。
肩挑百担知轻重，意骛千方构细筹。
狷介青骢纾劲气，敛芒风雨砺吴钩。
国之动脉鳌头事，当效勤诚孺子牛。

作于 2004 年 10 月。

狷介：性情正直，洁身自好，孤高，特出。
青骢：毛色青白相杂的骏马，亦为“青葱”之谐音。此是指作者青年时代之秉性。
吴钩：武器名。一种弯形的刀，相传为吴王阖闾所做。后泛指锋利的宝刀。
鳌头事：头等大事，铁路被喻为“国民经济大动脉”，故云。

春分日见闻

云低雾漫恰春分，细雨沾身似附蚊。

田垅青黄藏立鹭，樱棠垂蕾待晴曛。

听闻街巷皆褒语，遥想冰城佩使君。

辛丑开年除秽气，惊雷鸣响振虎贲。

作于2021年3月20日，春分。驾车访友。细雨绵绵中，田园麦青菜花黄，樱花邻海棠。人群中纷纷评论中美阿拉斯加会谈，高度赞扬我国使者有理有力的发言，长国人志气。

冰城：指阿拉斯加之安克雷奇市。

使君：指参加中美安克雷奇会谈的中方代表。

虎贲：古代称谓勇士，“若虎之奔走逐兽，言其猛也”。贲，同“奔”，又古代皇帝九种特赐用物（九锡）之一。《礼·含文嘉》：“能安民者赐车马，……能退恶者赐虎贲……”

再读陆游《十一月四日风雨大作》

升平既享惠天垓，
西野鹰鹯搅秽埃。
最赞放翁真国士，
孤村犹念戍轮台。

年初夜雨不寐感事

叶枯濡夜雨，风举树云摇。
步跨新年槛，心回往日潮。
西球弥疫祸，俄美势燃焦。
南海原无事，洋船却甚嚣！

闻疫讯寄西安友人

忽诧西京疫，严云暂蔽天。
曲江徒曳影，雁塔绕凉烟。
城闭无嗟惧，资供有后援。
稍期回净朗，繁华大长安。

（新韵）

作于 2022 年 1 月 4 日，时值西安新冠疫情紧急，寄友慰之。

严云：浓云，乌云。

曲江：位于西安城区东南部，为唐代著名的曲江皇家园林所在地，著名风景区。

嗟惧：叹息震恐。

夜卧看荧屏新闻愤而披衣

微躯关痛痒，报国印胸襟。
忍睹夷欺我，情由裂眦心。
柔肠元至善，探赜莫能深。
依枕人难寐，推窗月在林。

卷二

田园尽改旧无痕
脑际空留老样村

忆少年求学路

少年渴学似狂痴，向曙眉霜赶校时。
塘堰波平天上月，陌阡枰画纵横丝。
耕翁鞭喝催牛力，织嫂灯昏掷杼驰。
昔日青骢今老骥，几回梦里复存追。

作于2017年1月。

向曙：拂晓。
枰：棋盘。
杼：织布的梭子。
青骢：毛色青白相杂的骏马。
存追：追念，追慕。

寻中学故地并思师恩

曾记风华舞象期，求知发奋苦同饴。
赤足乐踏蓬茅地，白手新翻废场区。
师长诲迪寒夜炬，学孺勤砺曙星鸡。
今哀夫子多西去，暮色烟岚掩怆凄。

（新韵）

2016年冬，余在一友人陪同下寻找原母校旧址。回溯四十五年，那时学校复课，余得以进入高中学习。校舍位于一废弃的农场，老校长带领师生重新建校，师生拉车运砖木，赤脚和泥，干打垒建教室。老校长训导词："茅屋虽小胸怀大，油灯不亮方向明。"师生和睦，同学亲善，三年求学，终生难忘。后学校迁并，校园圮废，近年大多老师先后故去。今来故地，片瓦残砖亦寻觅不着，这里拟建一高新科技园区。

舞象期：古代指15—20岁男子。《礼记·内则》："十有三年，学乐，诵诗，舞勺；成童，舞象，学射御。"
诲迪：教诲开导。
曙星：指启明星。
夫子：指老师。

故里回瞻

此地儿时常梦幻，垣摧井废已平川。
勤蜂别处穿花海，归燕何从觅橑檐。
焉忘本根犹恋土，了无骄诩庆弹冠。
故塘丝藕长怀记，闻讯兴学甚慰然。

（新韵）

故乡小村地块被规划建高标学区，现已拆迁一空。再去一瞻，追寻旧忆。

橑檐：房檐。橑，屋椽。
骄诩：骄傲自夸。诩，夸大，夸耀。
弹冠：弹去冠上的灰尘，整冠。表示庆贺之意。

小村今昔三首

（一）小村忆

冬月奇寒冰似匾，父兄程役总难闲。
荒溪弯柳遮曲路，衰草结凌挂矮檐。
祖母燃炉愁升斗，学童饥腹盼饱餐。
炊烟晚霭林梢起，那户厨香满寨馋？

（新韵）

（二）小村见

旧村模样竟全无，规划清优显慧谟。
竹树风摇荫直道，学童球训闻喧呼。
嫂姑翩舞旗袍秀，叔伯称夸政策扶。
百岁寿星开笑靥，原来市长送桃图。

程役：工程劳务。
升斗：容量单位。十合为升，十升为斗。借指少量的口粮。
慧谟：智慧地谋划。
桃图：寿星献桃图。

（三）小村盼

小楼鳞次里闾风，花果逾垣簇巷迎。
偶见备炊忙老媪，多闻喧闹戏儿童。
打工青壮离乡远，留守衰翁勉稼农。
翘盼新司开镇上，务工团聚两融融。

（新韵）

垣：矮墙、城墙，这里指围墙。
新司：新开的公司。

忆儿时正月社戏情景

农家早盼岁关开，节目编排社戏来。
廿部牛车拼础底，百爿门板替铺材。
汽灯光闪悬摇树，观众场终转复回。
敢问中听评孰好？梁山伯与祝英台。

忆故乡竹林

屋后修篁近百坪，微风也听汰沙声。
刁猫伺鼠佯眯眼，雏鸟栖枝待哺莺。
东舍娶亲挑喜杖，西场选料制吹笙。
小童玩耍开心处，软竹攀弓演射兵。

汰沙声：淘洗沙子的声音。
喜杖：旧时乡俗，迎娶新娘子抬花轿，轿前两童子各举一鲜竹，上挂红绫，谓之喜杖。

忆儿时故乡五首

（一） 小院

小院高桐满树花，
垂枝青杏挂篱笆。
檐头似是前年燕，
径自衔泥垒旧家。

（二） 村塘

青塘雏鲤戏落花，
半卷新荷近蒹葭。
童稚垂钩无诱饵，
急寻蚯蚓掘泥巴。

青塘：青草池塘。
蒹葭：蒹，没长穗的芦苇；葭，初生的芦苇。

（三） 夜读

昏灯如豆照茅屋，
童子着迷夜念书。
慈母停织移盏火，
恐儿蓬发惹燎烛。

（新韵）

（四） 小菜园

三面环溪如半岛，
桔槔近处架葡萄。
阿爹挥汗浇畦菜，
童子奔忙改水槽。

蓬发：蓬乱的头发。
桔槔：井上汲水的工具。

（五）小演员

几个顽儿自演编，

村头闲院闹翻天。

扮装大帅无披挂，

借姊花衫束腿前。

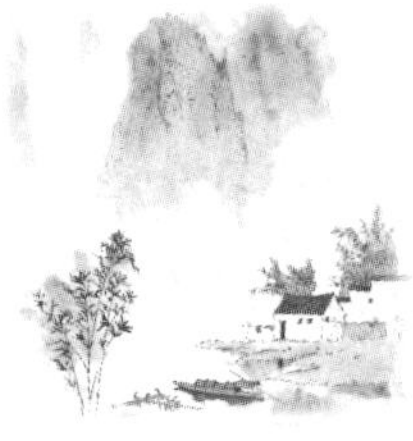

拉车夜行淮河滩地

月光如水漾滩芜，风啸寒芦动宿凫。
车陷人疲行滞缓，雁鸣声切掩欷吁。
为谋充腹拼纯气，岂顾嶙峋若病猢。
此景缠磨铭脑际，几回梦里况不殊。

忆余十六岁时，初冬随人拉车夜行淮河行洪滩地泥道上。

漾：水动荡貌，飘动，晃动。苏轼《好事近·黄州送君猷》：“明年春水漾桃花，柳岸隘舟楫。”
凫：野鸭子。
欷吁：嗟叹声。
纯气：青少年纯真之气。
嶙峋：形容人体瘦削露骨。
缠磨：纠缠，搅扰。
况不殊：状况依旧，没有改变。

故园寻旧

田园尽改旧无痕，脑际空留老样村。

塘堰既疏滋丽草，社林稀见朽藤根。

故邻星散知何处，新里图维已簋飧。

美景边前当放眼，乡愁难免久常扪。

图维：谋划，考虑。

簋飧（guǐ sūn）：盛在簋内的熟食。簋，盛黍食的器皿；飧，餐食。喻计划即可兑现，落实。

乘高铁参加中学母校八十校庆途中遇雪

天地苍茫舞玉鳞，掠窗化水线平伸。
两厢霓彩千街市，一路星灯万疃村。
总念严师勤训导，昔植桃李漫青岑。
疾行高铁犹嫌缓，先遣飞花报厚恩。

（新韵）

玉鳞：指飞雪。
疃：村庄，屯。
青岑：青翠的高峰，指青山。

贺中学母校八十周年校庆

兴校培才八十冬，馨香桃李向苍松。
负笈峤角留存忆，传响弦歌相与悰。
倚树听泉谆诲錾，拨云寻道竹生胸。
远瞻万里关山叠，秀出层峦又一峰。

负笈：指背着书箱。笈，盛器，多竹、藤编织。形容所读书之多。
峤角：泛指高山或山岭。
弦歌：指礼乐教化，泛指教育。《庄子·秋水》："孔子游于匡，宋人围之数匝，而弦歌不辍。"
"倚树……拨云……"句：借李白《寻雍尊师隐居》："拨云寻古道，倚石听流泉。"

清明还乡祭扫

高铁飞驰乡客早，顾环春色遍疆郊。
田生明镜盈新水，树突珠芽护旧巢。
萦梦久怀趋邑野，荒茔今得铲蓬茅。
先严远逝悲无泪，庭训犹然胜凤匏。

疆郊：郊外。
邑野：城市郊野，此指父墓所在地。
庭训：《论语·季氏》记孔子在庭，其子伯鱼趋而过之，孔子教以学《诗》《礼》。后因称父教为庭训，泛指家庭教育。
凤匏：乐器名，笙类的美称。

2020年8月家乡街头偶遇中学同窗

故乡千百里，出外五十年。
阡陌无原迹，庄村早动迁。
负笈偕懵懂，回往抚斑鬑。
一叟凝看久，同学可记咱？

（新韵）

懵懂：迷糊。指尚不懂事理的少年。
斑鬑（bān lián）：斑白的头发。

故乡颍河古渡

舟横渡津远，

蜓飞日将暮。

垂纶人未行，

草深掩蹊路。

垂纶：垂钓。
蹊路：狭窄小道。

清明后一日回乡探母途中

绿野间花阡陌织，
河溪如镜远山迤。
去年曾赞春光美，
今岁春光胜旧时。

作于 2008 年 4 月 5 日。

回乡探母

（一）

高铁飞驰往故乡，
田园山岭又河塘。
车中归客犹嫌慢，
扶杖家门有老娘。

（二）

小院清芬漫绿荫，
庭前扶杖百岁亲。
紧牵儿手观胖瘦，
问罢儿媳问女孙。

（新韵）

冬日回故乡故地十六韵

知章老大还故村，童子笑问来何人。
今日鬓苍我还乡，阡陌新辟却费寻。
儿时泳塘覆棘蒿，故地施工车辚辚。
旧邻搬迁不知处，务工新厂有几群。
开发蓝图势磅礴，此时此处建县学。
青萌澍露滋高木，必超夫子三千杰。
遥眺群楼抵天势，美图约可拟兰掖。
僻乡从未有此景，巨变鼎新登连阶。
生兹养兹赖此土，身系情系焉可无？
涸辙之鲋曾濡沫，遨游东海念河湖。
拾片碎瓦藏贴身，毕竟当年庇稚孺。
日接万象观振翮，夜梦一味念屋乌。
酹酒祭父扫荒冢，当年叮嘱犹耳鸣。
瑶台翻罢行市俚，书香稻香两幽蘅。
云天一行南飞去，我亦依依返寓城。
夕阳力微驽骀老，传檠接棒待后生。

棘蒿：蒿草与荆棘。亦泛指野草。
辚辚：象声词，车辆运行声。
县学：旧时科举制度童试录取后准入县学读书，以备参加高一级之考试。此借指高级中学。
青萌：借指青少年学子。
澍露：雨露滋润。
夫子三千杰：孔子弟子三千。
兰掖：正门之两旁曰“掖”，宫庭美称“兰掖”。
涸辙之鲋：在干涸了的车辙里的鲋鱼。比喻处在困境待援的人。
濡沫：比喻同处困境，相互救助。
稚孺：幼童，小孩。
振翮：挥动翅膀，常用来形容志向远大。
屋乌：借爱屋及乌成语，喻念屋及乌。
“瑶台……”句：瑶台，指传说中的神仙居处；市俚，借指寻常巷陌。
幽蘅：香草名，即蘅芜。

界首亳州途中

无垠麦陇绿接蓝，随见桑田待晚蚕。
高树桐花香百里，连畴芍药贵千钿。
学堂童稚声声朗，园舍翁婆娓娓谈。
昔往青黄难过日，今朝春色特中看。

（新韵）

东　望

乡关眷念仰东天，忠职耽勤贯向年。
方却持循千缕事，即衔旄节一担肩。
万钧家国知任重，百岁娘亲最牵挂。
击节犹听风带雨，寄心誓刃慰轩辕。

作于 2010 年 4 月，芝加哥。奉调主持中美高铁合作工作。周日寂静，遥望东方，感慨记之。

耽勤：谓潜心其事，勤奋不懈。耽，爱好，专心于。
却：辞离。
持循：遵守，贯彻执行。
旄节：古代使臣所持的符节。

题沪皖经济文化促进会书画院笔会二首

（一）

画师齐聚绘丹青，
笔走龙蛇写厚情。
皖水徽山凌纸出，
堪为桑梓壮新程。

（二）

松竹藏盈雅士胸，
幽兰奇石伴流淙。
惊人一划虬枝劲，
吐蕊红梅引早蜂。

辛丑新春

牛来鼠遁又迎春，往俗今风替代新。
趣闻桃符神故事，喜书楹对壮精神。
舍消欢聚为防疫，问候观屏亦慰亲。
犹记乡关无草色，苍茫烟雪覆麦茵。

牛年春节，因新冠疫情不能回故乡陪107岁老母亲一起过年，写诗以寄情思。

壬寅年春节前乘高铁回乡探母

斜雨凝烟漫寂衢，年关日近显哓崎。
当防时疫知修慎，更惦萱堂拄杖期。
暖暖站厅倡序次，匆匆客旅念乡闾。
微摇高铁催入梦，憩醒飞逾颍州西。

（新韵）

虎年春节前，新冠疫情仍未根除。余按规定做好核酸检测、报备手续，回乡探望108岁老母亲。

哓（yáo）崎：（指疫情发生）奇特，古怪。
萱堂：指母亲的居室，并借以指母亲。

商杭、郑阜高铁开通感怀

廿三远求学，出行多难处。
晨起奔站驿，次午始抵沪。
区区千余里，惶惶巉岩路。
车上难立锥，腹中早辘辘。
颠簸浪尖舟，扬尘如落瀑。
接人不相识，厚垢覆面目。
每忆过往事，不由心发怵。
蓐收挥神笔，缤纷绘两淮。
风轻抚豆黍，果重垂地苔。
高铁贯银线，巨龙呼啸来。
古郡依振兴，通达任处开。
铁军荷圣任，志在星月摘。
改革拓广道，奋斗亦幸哉！
吾侪皆织者，操杼莫徘徊。

蓐收：古代传说中的司秋之神。
铁军：指铁路职工。

卷三

曾笋巫峰列峭岑
临风沐雨历晨昏

读史溯历史长河九首

（一）秦

踞耘关陇百年功，捭阖纵横灭六雄。
兴水筑墙开直道，统文设律贯寰中。
严刑峻法啕汤釜，急敛苛征构死笼。
天下苦秦杆遍揭，始元帝国骤冰融。

关陇：指陕西关中和甘肃东部一带地区。
汤釜：烧着沸水的锅。

（二）唐

贞观原映血刀光，盛世开元赖媚娘。
姚宋匡时丰库廪，郭裴复振固畿疆。
交通西域旋胡舞，教化东倭肇典章。
国祚马嵬坡下落，谁延社稷付朱梁？

贞观：唐太宗李世民的年号，自公元 627—649 年共计 23 年。
血刀光：指玄武门之变。
媚娘：武则天别名。
姚宋：即姚崇和宋璟。唐玄宗开元时相继为相，旧史以开元之治二人之力为多，世称“姚宋”。
郭裴：郭子仪，唐代中兴名将、政治家、军事家；裴度，唐中兴时期政治家。
朱梁：朱温以禅让形式夺取唐哀帝的帝位，代唐称帝，国号梁，史称“后梁”。

（三）唐诗

唐诗璀璨耀高天，李杜巅峰四氏先。

堂庙闾街歌榭舞，江湖孤寺酒船眠。

褐衣厄境春秋笔，铁甲鸣戈戍将鞭。

恣肆纵横嗟快意，吟兴佳句泪潸然。

李杜：李白、杜甫。

四氏：指唐初诗人王勃、杨炯、卢照邻、骆宾王。

褐衣：粗布衣服，古代贫贱者所穿。借指贫贱者。

“吟兴……”句：唐朝诗人贾岛《题诗后》有“两句三年得，一吟双泪流”句。

（四）宋

史卷初读乍震惊，御敌岂可藐强兵?

文韬为铸升平世，武略焉作竖子争?

岳穆徒发冲冠怒，文公枉叹过零丁。

觊觎中华无时度，崛起能不唱大风?

（新韵）

岳穆：岳飞，抗金名将。曾有《满江红》："怒发冲冠凭栏处……"。

文公：文天祥，南宋末抗元英雄，曾有《过零丁洋》"人生自古谁无死，留取丹心照汗青"句。

时度：时候。无时度，即无论什么时间。

（五）宋两状元

天祥亢烈梦炎妖，
虽列同曹分壤霄。
朽骨化泥无觅处，
汗青镌记付光昭。

文天祥、留梦炎同为南宋状元、丞相。元军南下，留遂降，并写信招降旧友；而文则百折不挠起军抗元，被俘，宁死不屈，有名句："人生自古谁无死，留取丹心照汗青。"

（六）元

强弓利刃炫缨盔，铁甲征锋所向摧。
血雨浇消焚阙火，腥风吹漫破城灰。
可汗擘划驰无界，骁将鞭挥起震雷。
巨硕山崩惊蚁梦，天心民意自恢恢。

阙：古代皇宫大门前两边供瞭望的楼，泛指帝王的住所。
可汗：古代蒙古等民族对其首领的称谓。
蚁梦：梦境，或喻空幻之境。

（七）明

族间苦迫绁蒙元，义旅蜂攒扫北膻。
洪武雄才平海岳，燕王恃气褫侄冠。
几无标榜行八股，鲜有龙孙不九藩。
积腐沉肓空自奋，煤山悬树枉凄然。

（新韵）

绁（xiè）：拴，绳索，系牲口的缰绳。大～，即粗大的绳索。

洪武：朱元璋，明朝开国皇帝，年号洪武。

燕王：朱元璋第四子朱棣，封燕王。后起兵将其侄子建文帝朱允炆赶走，自立为帝，即明成祖。

八股：明、清两代科举考试时规定的应考文体。文章结构可分为破题、承题、起讲、提比、虚比、中比、后比、大结八部分，全文对格式、体裁、用语、字数有严格规定。

九藩：朱元璋大肆分封子孙为王，意在驻守边疆，拱卫皇室，避免江山落入外人手中，称为“九大塞王”。

煤山悬树：清兵攻下北京，明崇祯皇帝自缢于煤山。

（八）（外一首）游法源寺

巨舰倾颓懵未觉，戊戌溅血运机绝。

万军靡腐凋锋气，八盗杂幡蔽垛堞。

释圣难全泥塑体，梵宫屡酿死生劫。

今朝花艳游人少，率性闲僧晒草鞋。

（新韵）

作于2012年3月，北京。十年前，余曾粗读李敖《北京法源寺》，而未往游。今游法源寺，但见院舍清静，繁花盛开，游人稀疏。当年戊戌变法、八国联军攻打北京那段惊天动地的事件，是否也在人们记忆里湮灭了呢？

（九）读史寄慨

伟哉华夏五千秋，积石河开出伏流。
勃忽兴亡风行水，周期规律浪推舟。
天翻地覆开新政，十亿群英抱令猷。
驭海狂涛凭定力，远标近策峙嘉谋。

“积石……”句：语出《淮南子·地形训》：“河源出昆仑，伏流地中方三千里，禹导而通之，故出积石。”后用“河出伏流”比喻潜在力量爆发，其势猛不可挡。

勃忽兴亡：语出《左传·庄公十一年》：“其兴也勃焉，其亡也忽焉。”意思是说一个国家（或朝代）兴盛的时候很迅速，但衰亡也很快。

周期规律：指黄炎培在延安与毛泽东谈到“其兴也勃焉，其亡也忽焉”，称历朝历代都没能跳出兴亡周期律。毛泽东表示：“我们已经找到新路，我们能跳出这周期率。这条新路，就是民主。只有让人民来监督政府，政府才不敢松懈。只有人人起来负责，才不会人亡政息。”

令猷：指远大的志向、抱负。

车过蒲圻思易名赤壁市有感

大江东去歌舟楫，浊浪排空荡断矶。
公覆诈降何纵火，曹相链舸怎灰飞？
骚人凭吊千般释，苏子倾醅两赋挥。
万载山川不复识，但留念想嗣蒲圻。

作于2014年3月。

断矶：突出水边的陡峭石岩。
公覆：三国东吴名将黄盖，字公覆。
两赋：指苏轼《赤壁赋》《后赤壁赋》。
不复识：苏轼《后赤壁赋》："曾日月之几何，而江山不可复识矣。"
嗣：传承，继承。

端午感怀

端午由来悼屈原，高山仰止荡云天。
宁沉江底存昂气，耻作卑躯献媚嫣。
铨绪索真穷理致，忘身谪徙恤民悬。
而今子弟皆腾跃，搏浪争雄慰古贤。

作于2005年端午节前两日。

铨绪：理顺事物缘由。

游西安骊山兵谏亭

华夏危亡寓旦夕，张杨急切蒋阴谞。
衾温人遁枪声乱，利诱分谋脸谱迷。
独有延安高识见，蠲疏屈厄共迎敌。
长河滚滚虽一浪，浓墨研来写照晰。

（新韵）

阴谞（xū）：阴谋。谞，计谋。
蠲（juān）疏：消除疏通。

游紫荆关咏怀

心怀崇仰攀太行，久欲登临今得偿。
绿树深掩溪潺潺，山径蜿蜒路长长。
从来险隘征战地，将士碧血浸沃壤。
九州清平百族和，昔日边塞成核瓤。
垣倾壁圮草半湮，牧人慵眠任牛羊。
更有新路修将出，箭垛骤矮缩道旁。
华夏万年源流久，栉风沐雨渐次强，
历经磨难顽强立，浴血蹈火苦兴邦。
史鉴千载警人醒，长城万里须永防。
觊觎南海有人在，新月包围应思量。
浪涛立砥设三沙，雄关南移卫海疆。
铸剑为犁乃我愿，修文备武当自强！

作于 2012 年 7 月 18 日，北京。时值美国挑衅我南海主权，对我国搞所谓“新月包围圈”，感慨写之。

游北京史家胡同有感

曾历王侯车马喧，沧桑兴废证残垣。

旧朝腐靡滋达贵，新世开明致舜年。

无刃秋风凋碧树，有心寸晷记青丹。

潮汐推动涛涛浪，蛀页珍留细细看。

（新韵）

证：见证。

舜年：太平之年。

寸晷（guǐ）：寸阴。晷，日影，比喻时间。

游寿县淝水之战遗址

钓者垂纶柳拂丝，当年曾列虎狼师。
投鞭断水夸强悍，赌墅推枰捻细髭。
倨侮摧关藏败象，闻捷折屐露真思。
美誉多属东山氏，制胜焉知噪乱谁？

“投鞭……”句：前秦主苻坚率八十万大军攻打东晋，曾自夸“以吾之众旅，投鞭于江，足断其流”，见《晋书·苻坚载记》。

“赌墅……”句：东晋谢安围棋赌墅，出典见《晋书·谢安列传》。形容人从容镇定，举重若轻。

闻捷折屐：出典见《晋书·谢安列传》。形容人遇到美事而强自镇定的样子。

“制胜……”句：是指伪降于苻坚的东晋将军朱序在淝水之战中所起的重大作用有谁知道。

游京北金山岭长城

蜿蜒穷目眺峰梁，蓬乱荆丛耸古墙。

云卷似为兵涌阵，风嚣疑是将抽铓。

石苔斑驳刀喷血，簇孔星敷箭胜蝗。

百代雄关今顾览，太平尤记自当强。

2013 年 6 月，游金山岭长城，达至远处，此处长城未被修葺，一派苍古原色，观之令人感叹不已。

铓（máng）：刀剑等的尖端。

题垓下遗址

广夷垓下麦青青，独落虞姬葬冢茔。
风动四方传楚奏，漭弥十面揣伏兵。
拔山空有擎天力，谋断惜无邃略胸。
溯古纵观评旧事，唏嘘过后虑析酲。

（新韵）

垓下：古地名，位于安徽省固镇县，是楚汉相争最后决战的战场遗址。公元前 202 年，楚汉相争于垓下，刘邦军队在韩信指挥下，一举摧毁楚项军队，项羽仓皇逃窜，最后在乌江自刎。民间广为流传的“四面楚歌”“十面埋伏”“霸王别姬”等典故均出于此。

邃略：深谋远虑。

析酲：解酒，醒酒。引申为清醒。

瞻陕西韩城司马迁祠

拾阶怀仰谒先贤，
司马高风纪永年。
从古人心如鉴镜，
道岩万履早磨圆。

游淮阳弦歌台感事

万顷湖莲映日开，曾经孔圣困厄台。
广衢不行氓萌噪，空釜无炊弟子哀。
蒲白充饥犹问学，弦歌相续散围灾。
或云陈蔡难教化，吾谓疑招楚旅来。

淮阳：春秋时期陈国都城，四围皆水，曰“龙湖”。
厄台：古迹名，在今河南省淮阳县。相传为孔子行经陈蔡断粮处，故名。
氓萌：民众。
蒲白：菖蒲的根茎，可食。
楚旅：楚国的军队。

游襄阳古隆中

隆中高树寄神鸦，诸葛余名被衮裟。
诚顾茅庐开望眼，轻摇鹤扇定风沙。
纵横擘画鼎三立，成败终归只两家。
星岁不拘谁免避，残垣早覆断肠花。

赴俄旅行出莫斯科谢列梅捷沃机场

俄都隔万里，飞渡憩息间。
云缕随飘逸，河曲任俯看。
沪江汗短袖，莫府套绒衫。
今日重来晤，阿哥可泰然？

（新韵）

作于2019年7月。十五年前笔者曾公干访问俄罗斯。

参观阿芙乐尔巡洋舰

旧舰经年傍岸横，曾发炮响震俄京。
摧拉腐朽崩白雪，鸣唤劳工举赤旌。
后继不肖析裂土，往车有鉴醒酣酲。
游人莫问前朝事，涅瓦流波似怨声。

（新韵）

观莫斯科新圣女公墓

尊尊雕像诉传奇，碑记多镌溢美词。
叱将挥兵鏖百战，风轻云软舞千姿。
生前毁誉由人议，身后功过自众知。
最敬英雄柯察金，鞠躬献上朵一枝。

新圣女公墓：始建于16世纪，位于莫斯科城的西南部，到19世纪，新圣女公墓逐渐成为俄罗斯著名知识分子和各界名流的最后归宿。这里埋葬着2.6万多位俄罗斯各个历史时期的著名思想家、政治家、军事家、作家、艺术家、科学家、民族英雄，也有一些争议人物，是欧洲三大公墓之一。《钢铁是怎样炼成的》中的主人公保尔·柯察金，其原形就是作者奥斯特洛夫斯基本人。其雕像一只手放在书稿上，饱受疾病折磨的身体微微抬起，眼睛凝视着远方。墓碑下面还雕刻着伴随了他大半生的军帽和马刀。

“风轻……”句：诗人艾青《给乌兰诺娃》的诗句：“像云一样的柔软，像风一样的轻……”该诗赞美苏联著名芭蕾舞家乌兰诺娃。乌兰诺娃亦葬于此公墓。

忆乘俄铁机车途中所见

苍茫林海染云天，铁路条直贯洞间。

小站孤零无乘客，木屋稀落有柴烟。

可依祖遗薄家底，做弄今翻旧栅栏。

离去名城彼得堡，时空似错百余年。

（新韵）

2019 年 8 月，余去俄罗斯旅游，乘坐莫斯科—圣彼得堡列车。回忆起十五年前（2005 年）应俄铁十月铁路局所邀在机车上参观沿线的情景。

金泽颐浩禅寺

敞轩无座客，
庭院树修森。
但得禅师在，
清心听妙音。

游岳阳楼

雨霁远弥烟，飞鸥绰约旋。
古楼千载立，新貌三湘妍。
日月恒常运，忧乐总记牵。
任凭风浪起，操舵稳撑船。

游合肥包公祠

凛肃寒芒胆气豪，
霜铁惊魄震贪曹。
包家河藕无丝缕，
颇费周章打龙袍。

霜铁（fū）：铡刀，用于切草，古代也用为斩人的刑具。
周章：周折，引申为迟疑不决。
打龙袍：京剧《打龙袍》。

题当涂李白墓园

枫丹盈目谒谪仙，碑刻新雕侍旧园。
一派诗氛弥冢地，数盘酒果贡台前。
才奇句妙人惊仰，济世匡时剑指天。
村野可听吟颂朗，太白遥立大青山。

（新韵）

大青山：李白墓于大青山之阳。

题宜昌三峡石

曾耸巫峰列峭岑，临风沐雨历晨昏。
鸿蒙重造深江卧，湍砥激磨亿万巡。
日月盈虚终作始，宜时灵透自生魂。
羞出碧浪犹连水，含脉不言玉美人。

（新韵）

鸿蒙：泛指远古时代。

深圳莲花山谒邓公像

览罢鹏城感触深，莲花山上谒哲人。
金瓯阙补迎失子，屈侮涤除赖邓君。
卅载荒泽腾巨变，而今灿蔚耀江岑。
永铭叮嘱前程远，擂鼓扬旌响碧旻。

（新韵）

作于2012年12月27日。

雨中游黔阳芙蓉楼读王昌龄诗句

晚春逢冷雨，辗转访名楼。
送客津依在，黔江水径流。
楚山遮碧雾，吴域远青畴。
夫子遗佳句，冰心自可留。

送客津：芙蓉楼门外㵲水岸边的码头，传说为王昌龄送客人上船处。
“夫子……”句：指王昌龄“洛阳亲友如相问，一片冰心在玉壶”一句。

过敬亭山无暇登临留憾

久慕名山秀，今方睹令容。
扁舟纹碧水，群鹭噪青峰。
思照三唐范，阶随二谢踪。
远瞻稍附慰，待抚敬亭松。

敬亭山：位于安徽省宣城市区北郊，属黄山支脉，东西绵亘十余里。系中国历史文化名山。

二谢：谢朓、谢灵运。二人都是南朝时期的诗人，也都曾任宣州太守，经常登敬亭山吟诗，被后人称为“大小谢”。

附慰：安慰。

游阳关途中

自古阳关多怆咏，
掷樽抱颈死生情。
而今甘陇通高铁，
端隘边乡展坦程。

游岳西县

造化天公群岳峻，明堂岭亘水歧分。

崖悬峰险鹰鹯掠，瀑下虹飞雨雾曛。

鷂落坪间荫绿树，司空山上忆红军。

万千英烈抛头处，赤县城乡溢馥氛。

2012年6月12日游岳西县。该县位于皖西大别山腹地，境内明堂山为长江、淮河分水岭，山高壑深。国内土地革命战争时期，十万岳西健儿参加红军，在当地牺牲之烈士有三万余众。

鹯（zhān）：一种猛禽，似鷂鹰。

鷂落坪、司空山：均为岳西县境内的红色景区。

寻访北京齐白石故居未入

早春赴望大师居，盈目荒芜俨废墟。
斑驳门楣无葺迹，隙窥院中有残书。
昔闻庭外喧车马，今惊身后竟此如。
吁愿尚崇风雅者，解囊共助护名庐。

作于 2013 年 3 月 5 日，据闻故居现已修葺一新。

读联合君新作《桐城往事》

避噪驱车陋屋居，
亦非拙手种秋蔬。
煮茶展卷清心绪，
趣观王顾左右书。

王顾左右：联合君笔名。

《上海铁路运输卷》成志致贺刘矵

十年一卷捻霜髭，
充栋精挑务准规。
后辈检看随意事，
砧锤百锻几人知？

依韵和刘毛伢博士《过古雷池旧地》

雷池横断间西东，跨渡缘何显郁忡？
庚阻边陲忧侃叛，温遵统调避师穷。
千年风雨呈魔幻，百册辞章撰史评。
兴败合分多禅化，留存警句唤初衷。

附：刘毛伢博士七律《过古雷池旧地》

自古雷池出杰雄，山川吞吐浩然中。
诗含西楚千秋雪，赋接东吴万里风。
香茗山间龙作雨，武昌湖上气成虹。
欣逢盛世春潮急，滚滚江流日夜东。

读章碣《焚书坑》

廓清六合界疆除，
法峻难弥教泽疏。
焚籍坑儒施漏策，
项刘却读无字书。

教泽：教化，教育，施恩感化。
漏策：失策。
项刘：项羽和刘邦。

题沪皖经济文化促进会春申君论坛

群贤聚粹质彬彬，霜柏青松次第新。

远古榛荒分沪渎，开疆拓土赖春申。

乾坤易代追风雨，珠吐辉光耀海滨。

踵起继赓须接力，桑榆非晚有来人。

春申君，即黄歇，战国时楚国贵族。楚考烈王元年（是时楚都城为寿春，今安徽寿县）以黄歇为相，赐其淮河以北十二县，封为春申君。考烈王十五年，改封于吴，即今苏州、松江一带。相传，春申君曾疏凿上海市境内的黄浦江。黄浦江别称黄歇浦，又称春申江，简称申江，上海别称申，均源于春申君黄歇。

卷四

身沾晨露了无寒
秋色端来作早餐

谷雨游河南大地桐花尽开

挺拔生姿满树花，野坰随处映丹霞。
雅谦桃萼三分淡，艳甚梨英九重葩。
虽逊桢楠轻些许，却无柔柳拂悬麻。
岂徒堂厦鸣琴瑟，功力如城挡吹沙。

于2012年4月20日游河南时所写。20世纪60年代焦裕禄任兰考县委书记，大力倡导广植桐树以抵御风沙，成果卓著。现河南植桐树甚广，随处可见。泡桐是制作弦乐器的上佳材料，现兰考县乐器产业已有相当规模。

坰（jiōng）：指离城市很远的郊野。
悬麻：大雨状。

大暑晒书

炙热骄阳烤户庭，蝉鸣鸟噤立黄蜻，
余花篱下犹芳冽，瑶草盆中几陨零。
开敞门窗疏宛气，谨心图篆护仪型。
晒书倾架摊村院，夹页闲翻忆往馨。

宛气：郁结之气。

匆行霍邱县

广域丰仓史载名，蓼花随见焕新生。

一坡南北连天际，双碧东西接地平。

调汛拦洪堙巨坝，治淮兴利锁长鲸。

我为古邑由衷赞，奋斗铿锵又起程。

霍邱：春秋时属蓼国。今蓼草随处可见，红花曰红蓼，白花曰白蓼，花开串串，鲜而不艳。霍邱县地势南高北低，一坡直抵淮河，淮河上建有拦洪大坝，坝下有行蓄洪区。

双碧：指城西沣湖、城东荣湖。两湖总面积400余平方千米。

中秋乡居

舍前黄橘挂青枝，屋后红藤附紫篱。
丛竹临风倾扫牖，曲溪藉草掩流澌。
鸟争鸣树催晨早，鱼动漪沦戏暮迟。
东栅纵无堪采菊，别于闹市享喧嗤。

乡　居

碧波摇映水芸姿，枫叶初红饰小枝。
轻霭无心皴素壁，残阳有意透琼篱。
湖边陋屋稀宾客，砚上柔毫赖帖师。
明月高梢金粟影，兴来即诵饮泉诗。

水芸：莲荷。

皴（cūn）：一指皮肤干裂粗糙，二指中国画中涂出物体纹理或阴阳向背的一种技法。此指后者。

金粟：桂花的别名。因其色黄如金，花小如粟。金粟影，指月光透树洒在地上像桂花洒地一样。

饮泉诗：吴隐之为广州刺史，经石门，人告之曰："有水名贪泉，饮者怀无厌之欲。"吴至泉所，酌而饮之，因赋诗："古人云此水，一歃怀千金。试使夷齐饮，终当不易心。"抵任后，吴"清操逾厉"。后遂以"饮泉清节"指廉正清白的节操。见《晋书·良吏·吴隐之》。

春日偶题

三月春深满院花，窗前碧树展青桠。
岭南盼见乖娇女，皖北常望老人家。
俄尔小甥觞仲舅，时来老友品新茶。
乘闲伏案翻书页，铺纸挥毫点墨鸦。

老人家：指笔者母亲，时年108岁。

题太湖游春图

绝美江南二月中，水山远近景非同。
湖唇画舫传吴调，野漫樱花惹眼瞳。
自认天青由旋复，岂知云隐秘苍穹。
劝君游历非仅此，锦绣神州沐春风。

作于 2021 年 3 月 27 日。

谷雨日游崇明、长兴两岛

大江西降入海东，漱玉含珠润崇明。
高树参云接宇际，鲜花遍野簇葛篷。
黍鸡可口即珍馔，新友倾谈遂故朋。
忽悟今朝逢谷雨，攸游两岛味无穷。

（新韵）

雨中游东台黄海森林公园

空濛濡润楚河清，细雨东风蜀鸟鸣。
新笋虚心唯向上，老榆垂荚两依倾。
满枝梅子望酸齿，连陌杉松荫杜蘅。
此景并非天造就，知青泪汗苦辛成。

作于2021年5月27日。

楚河：唐朝初期盐城属楚州。两宋大部分时期，盐城县也属楚州，该地河网纵横。

蜀鸟：杜鹃。相传为古蜀帝杜宇所化。

杜蘅：一种野生香草。《楚辞·离骚》："畦留夷与揭车兮，杂杜衡与芳芷。"《本草纲目》："杜蘅者，多生于水泽之畔，以楚地者最佳，带异香也……"

知青：知识青年。

游易县太行山

入山丛密未知深，不见禽踪但闻音。
松鼠跃枝松塔落，露花藏叶露沾襟。
径循履迹除迷幻，泉润藤根有掩荫。
辨向正愁无去处，转弯夷道绕前林。

作于2012年秋。

夷道：平易之道。指平坦的道路。

秋熟时节郊游访农家

寒珠初凝未违时，芦荻扬花映碧池。

飘叶团团鱼戏水，隆岗兀兀鸟鸣枝。

纵横阡陌凉烟散，满熟金禾硕穗垂。

农友早知收获日，约交刈割定开期。

游雁荡山小吟

（一） 游龙湫瀑布邂逅沪上熟人

都市长居厌，
相离几日闲。
焉知同识略，
不约聚山间。

（二）

人喧无雁迹，
瀑细似泉沮。
观景宜遥眺，
徒行胜乘车。

作于2016年10月24日。

小寒节气蛇年即来恰降瑞雪

龙蛇间次踞天庭，

雪覆平川万籁宁。

新岁春光何处觅，

小寒风里柳条青。

朱家角

河边窄巷游人织，

悦客乌篷唱竹枝。

时见檐前归里燕，

穿飞陌上柳梢丝。

铜陵池州途中小憩

伫立凝眸眺越吴，
谷风撩发感清孤。
仰天一啸传声远，
荡漾回音噤鹧鸪。

作于 2006 年 4 月 27 日。

越吴：越地、吴地，今苏南、浙江一带。
谷风：东风。

惊蛰雷雨

入暮春霖酌小醅，
偶翻屏显信音回。
友朋言事多风趣，
灯火全关避响雷。

冬　雨

寒夜潇潇雨，
霜晨瑟瑟榛。
无声滋沃土，
繁茂在来春。

桂花开

窗下开丹桂，
香氛上五楼。
虽无姚魏贵，
却惹驻踪稠。

姚魏：原指宋代洛阳两种名贵的牡丹品种。千叶黄花牡丹，出于姚氏民家；千叶肉红（紫色）牡丹，出于魏仁溥家。人称“姚黄魏紫”，后泛指名贵的花卉。

驻踪：驻足。

桂花谢

香销枝满叶，
花落地铺金。
且别来秋见，
争春岂本心？

因疫情晚来观花口占

今朝我至花方谢，
前月花繁我未来。
故友违时非爽约，
惊瞠蕊果坐新薹。

农　家

门前溪水转东湾，
屋后修篁覆小山。
豆架凉棚无坐客，
农家六月少人闲。

观插秧

夏日郊游忘路遥，
午中慵倦歇篷寮。
乡人无兴嬉闲鹭，
不误农时抢插苗。

秋兴五首

（一）晨起迎日

莫把夕阳歌永好，
晨光毕竟寓新朝。
帘帷早启迎秋日，
蒿径穿云有负樵。

（二）朝行郊野

身沾晨露了无寒，
秋色端来作早餐。
丽日蓝天金稼地，
缘何苦觅武陵滩。

蒿径：长满杂草的小路。
负樵：背柴，背柴的人。陆游《湖山·西跨湖桥》：“傍水多投钓，穿云有负樵。”

（三）林中徐行

沐享秋晖百嶂遥，
桂花初陨未香消。
丹枫摘取留扉页，
吸摄书魂忆碧箫。

（四）渔舟晚归

舟行秋水荡清澄，
凝盼肥鱼跃掷罾。
日落渔家不唱晚，
袋兜总响手机铃。

（新韵）

掷罾（zēng）：洒网。罾，一种方形渔网。

（五）对话老农

牵牛荷耙野塘边，

才了村西二亩田。

非是不呼机器用，

只缘小径太蜿蜒。

耙（bà）：一种农具。

秋见两首

（一）

江南秋缓至，霜降少寒凉。
碧透穿潭水，温馨沐暖阳。
草花今又绽，晚稻昨初黄。
湖海浮云下，翩然一雁行。

（二）

天凉郊野美，五彩景峥嵘。
丽日明陂路，浮云认豆棚。
鸥翔三掠削，稻稔百馋生。
农舍香鱼饭，秋醪自警醒。

陂路：湖岸，塘堤。
认：认为，当成。
秋醪：秋日酿成的酒。

腊　梅

时值大寒无雪意，
闲云每日荡苍穹。
腊梅不似红梅傲，
满树冰花斗朔风。

春雨初霁

池涨竹摇微有声，
篱边椿蘖恰初萌。
斜飞燕子邀酥雨，
使遣春风致晚晴。

椿蘖（niè）：香椿芽。蘖，指树木砍去后又长出来的新芽。
酥雨：蒙蒙细雨。

竹林边观花

菜花覆径远传香，
蜂乱嘤嗡为蜜忙。
一片垂云佯作雨，
惹慌群淑避筠廊。

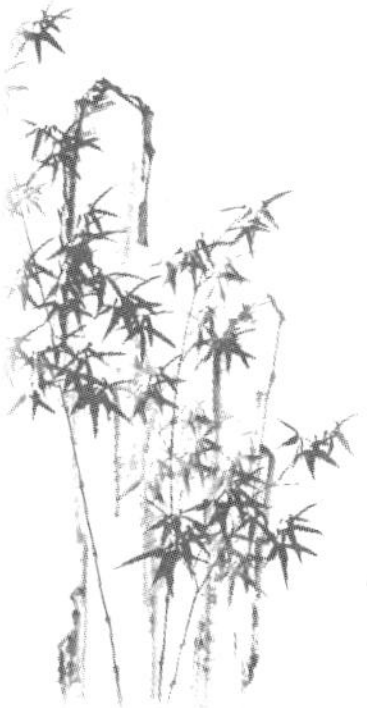

中秋夜

所忆中秋总雨涟，

佳节无月意阑珊。

今宵庆幸天如洗，

万众争看白玉盘。

船抵洪泽湖淮河入湖口近处

清波推小舫，翠鹫隐荷丛。
岸柳枝条字，纤藤薢茩蜓。
天青抒快意，气爽荡高声。
西溯航千里，河边故土桐。

（新韵）

作于2012年10月3日，盱眙。余家乡在淮河上游支流颍河岸边，油然而思之。

薢茩（xiè hòu）：菱角的别名。

新疆伊宁印象

无垠沃野绎疆封，瓜果菽粱满眼盈。
西域风情街巷溢，四方声调里闾听。
花裙手鼓刀郎舞，酸酪甜馕美酒觥。
谁谓边陲荒僻地，我言绝胜海滨城。

（新韵）

绎：分布，联系。

游杭州西湖小孤山西泠印社

小山寒瘦景非同，廊榭金石雅骨风。
四士悫诚甘荜路，十年待帅立麾旌。
传承国粹彰天下，启导学人亮斗星。
蚀损碑镌不易辨，皆溶文脉灌湖中。

（新韵）

作于2020年11月18日。清光绪三十年，丁辅之、王福庵、叶为铭、吴隐创立了西泠印社，人称“创社四英”。虚席以待十载，方觅邀吴昌硕为社长。终将印社办成海内外研究金石篆刻历史最悠久、成就最高、影响最广的学术团体。李叔同、黄宾虹、丰子恺、吴湖帆、商承祚等名家均为西泠印社社员。

悫（què）诚：恭谨诚实。悫，诚实。
荜路：柴车。引申为创业辛苦。
斗星：北斗星。

小　院

村屋来居少，闲庭尽草莱。
蔓藜侵小径，荒垄衍香茴。
细蝶旋花舞，丛蒲近水栽。
小狸聊泼赖，阶上弄青苔。

武夷山小憩

坡前果树舍檐瓜，
临水依山有酒家。
濯足竹舟时忘我，
静看孤鹭拂西霞。

壬寅春节次日时隔一年再游计家墩

江南春雨早，秉伞计家墩。
阡陌仍如昨，田园总引魂。
窗扉临碧水，舟棹戏游鸳。
乡户皆丕变，唯祈念夙根。

丕变：大变化。
夙根：本源。

乡间秋雨后

飒然秋雨洗霾尘，朝启帘帏气象新。
香稻垂实滋玉露，寒塘映镜闪金鳞。
流云荡荡飘天宇，比翼鹣鹣唤妙音。
尤喜落黄铺小径，拜托勿扫悦行人。

（新韵）

鹣鹣（jiān jiān）：比翼鸟。此泛指群鸟。

湖边感春六首

（一）

咏春诗赞语如癫，
意境低高等地天。
孰饮香醇三百斛，
欲同太白醉眠船？

（二）

冰融雪化草初萌，
岸柳新条拂早樱。
东帝驾临何以讯？
呢哝紫燕两三声。

（三）

樱花沐雨压枝低，
草色鲜浓染柳堤。
西岭尚无鸣布谷，
却看春水涨青溪。

（四）

若谓景澄村社间，
莫依春困日高眠。
酒招不远农家乐，
拂道垂杨拜首前。

（五）

寒藏乍暖沐暄风，
未察轻装替厚绒。
万物萌阳浑不觉，
一行北去是归鸿。

（六）

天地循常运四时，
暑寒交替顺由之。
落花何必潸然泪，
当见秋成果压枝。

新疆行

大美新疆，久有向往。今得往赴，夙愿终偿。
戈壁洪荒，大漠苍凉。风电群立，油机恒忙。
沃野千里，瓜棉黍粱。骏马驰骋，遍野牛羊。
天极清湛，地极广博。森林茂密，湖水清澈。
坎井水冷，火焰山热。景观迥异，吸魂掠魄。
溯纪西域，历史久远。汉唐元清，遗存万椠。
高昌焉耆，龟兹楼兰。乌孙若羌，鄯善于阗。
民族众多，和谐亲善。袍泽兄弟，拱月星繁。
张骞出使，联通西域。丝绸之路，畅若通衢。
班超投笔，伏虎探巢。诸邦归顺，纷来东朝。
林公谪疆，精研边策。强兵拒俄，固我西掖。
清定准噶，左公植柳。廓清版图，功无其右。
七十年前，大军进疆。守国卫土，屯田开荒。
筚路蓝缕，掘渠种粮。新城座座，良田万方。
重大机遇，一带一路。乘风扬帆，全疆热土。
西陲发展，各族之福。抒我所愿，中华永固！

拉城行

初冬日暮抵拉城，灰朦萧煞寂寂行。
急绕三匝回转路，兀突五彩妙情生。
殿堂半掩天边月，车马喧嚣异域情。
虹霓明昏千象幻，喷泉起落百丈凌。
五洲融贯混人鬼，四海交流搅渭泾。
飞旋轮盘魂魄摄，狂吞虎口袋囊饧。
刀光剑影西部片，百载传奇怪莫名。
街角卧人突乞告，亦真亦幻怎说清？
市容观毕离眩乱，思绪难平几不眠。
中华五千文明史，勃忽兴废历辛艰。
凤凰涅槃东方舞，岂再踞踏任诮讪。
远景精描承巨擘，脱贫攻坚史空前。
神州百万新城起，金山银山艳阳天。
城乡一体同携手，和谐社会亿民安。
薪火传递又接棒，缩距超车势必然。
拉城模式不足慕，却借前车避偏弯。
宏略当瞻征道远，团结奋进莫歇肩！

作于2012年，2017年修改。2009—2011年，笔者受命负责对美高铁协调、谈判工作，期间曾因拉斯维加斯-洛杉矶线五赴拉城，多有观感。归国后写以纪之。同事们都称拉斯维加斯为“拉城”。

立秋日感怀

忽晓今晨进立秋，蒸腾溽热未曾收。
炎炎炽日犹燃火，缕缕闲云似避羞。
时传周边多警事，总图家国少担忧。
匹夫之责当倾尽，岂只安为稻粱谋？

溽（rù）：湿润，湿热。

秋分感事

斗转星移已中秋，年来奋勉胜烦忧。
疫情肆虐几歼灭，洪水淹漫也敛流。
闹剧吠尧无事哏，等闲相鼠有西酋。
顶天立地炎黄裔，自会纾愁转稔收。

作于 2020 年 9 月 23 日。

吠尧：暴君桀的狗向着尧乱叫。吠，狗叫。尧，传说是远古时代的圣君。比喻坏人的爪牙攻击好人。
无事哏：指无端耍威风。
相鼠：《诗经》里的一首诗。相，看、视。
稔（rěn）收：丰收。

冬月首日

冬月匆匆送晚秋，寒林凋叶水凝流。
酷霜转午氛青霭，远岭前时已白头。
岂畏朔风吹煞气，谁看落日作猿愁。
神州盛景缘明道，冰结不怜冻蚍蜉。

煞气：邪气。
猿愁：猿哀鸣。

独坐饮茶

岁经六十许多春，未敢江湖相忘鳞。
本愿直言崇克己，不承曲意谬夸人。
无忧膳宿忧时事，有志公诚志履真。
莫逆晨昏循序转，修身岂止作茶神？

作于2018年10月11日。

傍晚快步度城潭畔

度城潭水荡葭洲，数历兵戈血染流。

过往荒芜花覆径，前栽佳树冠遮楼。

农家小院传欢语，渔火微星闪邃幽。

顾望湖西悬偃月，思何太息涕长楸。

作于2021年2月13日。

度城潭：淀山湖之邻湖，有人工凿河与之相连。湖畔有古村度城镇，据传黄巢起义军在度城潭畔筑城驻守，于潭中操练水军。抗战时期游击队曾在此伏击日寇。

长楸：高大的楸树，古代常植道旁。《离骚·九章》："望长楸而太息兮，涕淫淫其若霰。"

行游偶思

禀性崇恬淡，尤希独踏游。
观山云出岫，掬水涧淙流。
暂置忙终日，安然抚白头。
忧乐知先后，褒贬自存留。

渔　歌

真实虚无天契合，
水光山色景婆娑。
两三鸥鹭争萍戏，
遥听渔哥唱笠蓑。

吴越初冬

斑斓万树为经霜，
远岭浮云几雁行。
独有芦荻环簇立，
满头白发护青塘。

（新韵）

三九暮晚湖边独行

鲜遇奇寒万木凋，碎冰堆岸朔风嚣。
残阳半掩余霞里，淡霭多承皱水潮。
倦鸟早归栖旧树，巡舟晚泊傍东桥。
堪嗟久日无飘雪，只惜梅花径自娇。

土植水仙

碧叶瑶花次第开，
芬芳清雅玉人来。
问君何得姿高洁，
赖水滋蕃沃土栽。

中秋觅月

巍然高树蔽浓荫，
衢巷痕斑洒碎金。
觅月徘徊时不见，
群楼矗立赛森林。

中秋随吟

金风知意拂云开，
玉兔升腾树影徊。
万户楼台飘笑语，
同迎佳节仲秋来。

路　灯

云浓星隐隐，
街寂少辚辚。
光照唯诚笃，
无言送路人。

辚辚：车行声。

山游小憩

时见枝头庶鸟居，
细泉草下汇流渠。
蝶衣似入庄生梦，
无谓濠梁论辨鱼。

傍晚雷雨

骤雨黄昏驾烈风，
更携霹雳爆穹窿。
劈云电闪连天地，
迷幻荒消黯霓虹。

作于2012年4月12日。

蝉　鸣

心为形役不知哀，
自认无双唱唤才。
午后长鸣烦憩梦，
何如报晓叫高台？

作于2020年9月9日。

雪后乘高铁至阜阳西站

夕阳半隐雪霜凄，
朔气屏声树伏低。
车赛巨鲸飞掠去，
转晴已抵颍州西。

作于2020年岁末。

颍州：阜阳古名。

雨水节气次日京沪高铁途中

岁去犹寒雪渐消，
熏风啸召醒田苗。
清汪冰解将为水，
淡霭升腾润柳条。

作于2014年2月20日。

乡村避暑寄毓贤馆员

都市辞离避暑天，乡村凉旷甚陶然。
鸟鸣婉转疑谙韵，鱼斗流波似戏莲。
野径覆花常驻足，清风拂叶好慵眠。
柴门左侧湖边树，背篓渔人系晚船。

附：路毓贤馆员和诗

《步涟清兄韵以消暑感怀》

晴光万里碧云天，翠霭蒙蒙若淡然。
危岫随泉生雅韵，小塘任鸭戏青莲。
读书入境难知足，避暑由心带露眠。
养鹤还须多种树，刘家不隐孝廉船。

得韩可胜君荐读《潜阳十景十绝句》

天柱奇峰久慕名，自羞脚懒未登程。
观图顿起参仙意，读卷遥听响磬声。
巨石嵚然连宇外，苍松枝展与云平。
我知山主多通谊，布谷啼时相候行。

嵚然：形容山石突出。

夜　色

夜色如醇酒，
熏风拂细柳。
花开看不见，
幽香飘长久。

作于2001年5月。

赠旅行家朋友

情寄峰川几百旋，壮心岂止叹阑干？
溶岩探秘斑斓梦，篙舼生波絮缕烟。
摄影万帧皆上品，行囊一挂俱齐全。
双足不舍环球地，浪迹天涯载笔端。

（新韵）

阑干：栏杆，拦挡的东西。
篙舼（qióng）：泛舟、划船之意。舼，小舟。

题朋友圈载北美星空照片

划空流陨如飞雪，星钻弥楹布玉街。
面仰无极千籁寂，心惊有恐一时别。
西倾斗柄悲寒瑟，东向河图乐婉谐。
人类共当澄碧宇，莫甘孤寡自隔绝。

（新韵）

作于2019年9月28日。在朋友圈看到一好友发布消息，言其在北美一郊野公园度夜：繁星满天，流星无数；无灯无火，万籁俱寂；身无暖衣，心有悸忪。余突想到特朗普“退群”诸糗事，遂写此七律亦发朋友圈以应之。

弥楹：布满厅堂。楹，厅堂前部的柱子，借指厅堂。

玉街：天街，泛指天界。

无极：没有边际、穷尽。中国古代哲学中认为形成宇宙万物的本原。以其无形无象，无声无色，无始无终，无可指名，故曰无极。

斗柄：指在北斗七星中第五至七颗星，排列成弧状，形如酒斗之柄，故称。古人根据斗柄指向，来定时间和季节。

河图：是中国古代流传下来的神秘图案，其源于天上星宿，蕴含了深奥的宇宙星象密码。河，指银河。

题摄影家木木作品《美丽的白哈巴》

白云幽远矮峦苍，
小径青茵覆早霜。
非若炊烟蜿绕起，
必言此处是仙乡。

作于2020年10月20日。

卷五

丹桂至今无绽蕾
鸣蝉循节早声逋

感　事

晚春晴霭伴飞花，聚絮成团落万家。
堂厦围谈传热语，虬枝窠结宿寒鸦。
常为职事连星夜，几度持旄泛海槎。
碧宇益知天际远，鹰鹏往过有痕划？

作于2012年5月，北京。系忆中美铁路协调组工作时情景。

偶　感

刀弓骤挂意阑珊，搜网翻书始觉闲。
倥偬几多难忆起，报国犹少未心甘。
新曦才俊怀高志，老钝驽拙乐释鞍。
梦醒启帘方夜半，星河浩瀚满霜天。

（新韵）

2011年底，因到龄自京调沪。

读诗遐思

宿习诗赋奈材樗，随兴吟哦不检幅。
思绪偶出雷氏剑，纸田常仿吓蛮书。
寄愁岂止秋云黯，居乐多凭盛世福。
杞虑波澜风变事，子陵滩上走渔徒。

（新韵）

材樗：喻不堪之材。
检幅：修整边幅，指注意细节。
雷氏剑：指古代名剑干将莫邪。
吓蛮书：传说李白曾为唐玄宗起草答渤海国君主书，后世称为《吓蛮书》。

诗悟四首

（一）

学斧班门须抵面，感怀兴绪自开篇。
著花丛簇方繁炽，绳墨材梁正矩弦。
本耻假吟书蠹蛀，夙期真谛大师传。
昌黎更悟推敲意，舆驻参干解阆仙。

昌黎：韩愈世称韩昌黎，昌黎先生。
舆驻：停下轿子。
参干：参与，干预。
阆仙：贾岛，字阆仙。

（二）

哲士藉诗言气志，师心未必丽华词。
行文澍雨纾焦渴，徒叹空雷解旱迟。
巨若江山兴替事，细同卉蕊柳杨丝。
游鱼潜底纵难掣，且看渔翁役老鹚。

（三）

士伍行排列劲师，强羸勇怯帅亲知。
遣词刊字如征阵，街唱衢吟是好诗。
仰慕莫不追李杜，俯躬岂必舍苏谁？
思怀尽放无参定，汇海江河任曲崎。

师心：以心为师，不拘泥于成法。犹言独出心裁。
老鹚：鸬鹚，水鸟，善捕鱼，渔人驯化以用来捕鱼。

（四）

辙韵如笼困虎狮，仄平似索束情思。

华章率始从芜字，绝律锤砧秀粹辞。

神往心驰凭逸唱，孰来自缚比豢牺。

悟真化古焉颦效，丽质休将反为媸。

豢牺：谓喂养牲畜。

研　书

案上书堆未掸尘，察章检句汗沾巾。

渐嫌字小常扶镜，骤听铃幽乍顿神。

曾傲少聪过目记，堪忧老态忘昏频。

每逢篇内陶然事，不厌烦叨话与人。

改　稿

伏案凝心理乱章，抽丝剥茧费绳量。
期援哲思昭忱悃，当效艄翁唤起樯。
耘垅耕笺非率易，酌篇斟句紧游缰。
汗牛充栋谁知数，发聩惊雷有几行？

忱悃（kǔn）：真诚。悃，真心诚意。

灯下再读王国维先生《人间词话》

久读光渐暗，暂憩复睛明。

合卷思真道，呷茶悟妙经。

词格高下异，境界有无中。

灯火阑珊里，先生若灿星。

（新韵）

“词格……，境界……”句：王国维认为“词以境界为最上”，“有有我之境，有无我之境”。

石　磨

本源地火涌石岩，由任锤凿又斧镌。

锻置圆容生峭齿，碾飘粉雪飧民餐。

乾旋坤转新规构，度厩伏槽老骥闲。

使命效节当寂定，参商次第运如磐。

（新韵）

家乡宾馆院内有弃用石磨数百片，或在浅水池中摆成莲叶状图形，或铺成假山阶梯。这些石磨在二三十年前陆续退役，一无所用，随处弃之。宾馆的有心人，把这些器物收集起来，见证历史，供人观赏。

效节：尽忠，尽守。

寂定：借佛家语，谓心不驰散，保持安静不动的精神状态。

参商：参星与商星。参指西官白虎七宿中的参宿，商指东官苍龙七宿中的心宿，是心宿的别称。参宿在西，心宿在东，二者在星空中运转轮回，此出彼没，彼出此没。

艺人不易

戴月披星正墨绳，十年苦练始初成。
子规啼血红山野，精卫衔石浅海汀。
或谓台前皆假扮，孰知幕后俱真功。
演推百态人间事，寓理于形化众生。

（新韵）

观《鬓边不是海棠红》电视剧。该剧主要讲述民国、抗战期间北平演艺界故事，其中反映旧时梨园艺人艰辛苦学印象深刻。

美琪大戏院观徽剧《徽班》

庶民原负百烦缠，粉墨氍毹更虑难。
本为衣食游俚巷，袭承众捧动皇天。
汉昆兼蓄开新剧，秦冀并收谱雅篇。
时下击节赏大戏，当知肇始是徽班。

（新韵）

氍毹（qú shū）：毛织的布或地毯，旧时演戏多用来铺在地上，故氍毹常借指舞台。

汉昆：汉剧、昆曲。

秦冀：秦腔、河北梆子。

大戏：指京剧。

观昔时会见施瓦辛格照片

昔日银屏硬汉形，一朝政客庙堂卿。

屡夸高铁中华好，曾莅虹桥问道诚。

成败勉为兴建事，世相难拟剧中情。

前时海报街头见，重扮英雄老戏精！

作于2021年3月1日。美国电影巨星施瓦辛格任加州州长时，曾力推加州高铁上马。2010年9月12日施氏访华，笔者陪同到上海虹桥站参观，盛赞中国高铁。40天后，本人应邀到州政府大楼与其就与中方高铁合作进行了会谈。施氏赠送了其签名的在虹桥站参观的照片。后施氏放弃连任竞选，重回影视圈。

观诸多贪官落网报道有感二首

（一）

根自贫寒舞早鸡，幸逢雨泽享暄萋。
月明本赖青天朗，贪欲才将智见迷。
充屋堆金犹纵侈，泯心忘义毁霞梯。
世间终究廉为贵，法网恢恢众目睽。

（二）

气刚荣贯甚精神，观色投机套话频。
为搏升迁违义理，只拿百姓当埃尘。
巧搜晦匿金充宇，伪善装穷衣扮贫。
天网恢弘焉有漏，一声霹雳现原身。

暄萋：暖和而茂盛。
霞梯：云梯，喻升天成仙之路。此处喻通达的仕途。
荣贯：荣宠备至。
晦匿：隐蔽不露。

观美国 2021 年 1 月 6 日国会被攻占画面

风云戏幻似胡旋，彼岸轰嚣骤变天。
徒袒激昂腾炼火，庙堂鼎沸遁惊弦。
权纲争抢圈中套，德赛标征口上禅。
小鬼那知阎帝意，犹然奔号效游鞯。

胡旋：即胡旋舞，节拍鲜明奔腾快速，多旋转姿。
徒袒（tú tǎn）：赤脚露体。此指事件参与者。
德赛："德"，即"Democracy"音译，意为"民主"；"赛"，即"Science"音译，意为"科学"。
游鞯（jiān）：此指出游的坐骑。

入秋连续多日热如暑季

时临霜降仍如暑，火伞蒸腾草欲枯。
丹桂至今无绽蕾，鸣蝉循节早声逋。
偶来半日倾盆雨，常有全天拥炙炉。
忧寄地球将变暖，怎堪风景纵不殊？

火伞：喻烈日。
逋：消失。

自　题

少时逢事不知难，狂语登天且可还。
腹绌经纶犹策进，心存倾仰自追攀。
金沙水洗千淘浪，楚剑锋抽几锈斑。
气朗云高晴正好，夕阳西坠月东山。

小寒日暖戏题

丽日和风郁暖馨，
厚衣褫去汗沾襟。
天公酒醒忙敲键，
错把隆冬点仲春。

（新韵）

似题独朵牡丹

如捧天珍勤灌洒，
两株仅奉一枝葩。
莫言寂寞无陪伴，
篱外芬芳尽是花。

无　题

半日研书目渐昏，
行间栉理自斟扪。
晚来风雨空寥寞，
临浴衫前有酒痕。

竹　报

洒洒飘飘千片叶，
与风对话似诗声。
倾身拂牖摇枝杪，
帘卷天青气陟明。

雨水节气天晴无云

空明宇碧气清新，
春澍能于那处巡？
锦绣山河无畔际，
雨晴皆可惠劳人。

湖边阵风

远岫逶迤云渺渺，
游鱼隐约戏苔礁。
风来吹皱一湖碧，
云影山形转瞬消。

听山民说

而今政策好，山民渐富了。
茶叶连担采，耳菇价如宝。
呼儿下山去，满车装药草。
种田无税赋，患恙有医保。
免费教童稚，建院敬翁媪。
古传桃花源，我山何须找！

作于2012年6月13日。

题夕阳芦花行舟图

夕阳欲坠散余霞，
江海连波接碛沙。
舵手自知舟泊处，
悠然穿越荻芦花。

感事寄韩主委

青葱自许不言难，几克雄关锷未残。
率性岂知观面色，摅怀无忌放云端。
功名缰锁思时解，学问诗书意绰宽。
倥偬勤诚匆过往，如蜂辛苦拒阑珊。

阑珊：衰落、凋零。

辛丑年清明前夜雷雨大作

虎吼沉浑魄几摧，开年似是首闻雷。
挟风摇树惊栖鸟，播雨凝云润广隈。
闪电划天撕夜幕，明灯照路佑人回。
岁逢辛丑追前忆，彗扫中华百载颓。

报载因气候变暖美阿拉斯加巨冰融化北极熊迁逃俄一北极圈内岛屿

岁冬天续暖，路畔草葱茏。
日晕驱寒意，云浮借煦风。
远峦呈彩卷，滩地孑孤鸿。
北极传冰解，蹒跚徙难熊。

重阳感怀

吴越凉秋引迈迟，重阳无处觅簪菊。
桂丛叶茂枝乏蕾，田稼熟黄粒可掬。
潦雨不浇余暑热，浓云低黯郁烟弥。
茱萸鲜有人插戴，却望垂纶聚钓矶。

（新韵）

引迈：启程，上路。
簪菊：古人于九月九日插戴菊花的称谓。

读《鸠摩罗什传》

鸠氏生西域，聪虚禀上元。
苦研小大乘，熟稔四方言。
因识遭三迓，专经过万翻。
寺庵攒首者，真义几人扪？

（新韵）

小大乘：指小乘佛法、大乘佛法。是佛教的两个派系，各有经典。
三迓：传鸠摩罗什曾三次被迫破戒。

打工哥小孙

年届三旬已两儿，夫妻苦挣勉维持。
房租学费消过半，赡养娘亲未敢迟。
双子读书须返籍，无门荐引难投师。
奔求得助终如愿，忍遣妻随为务炊。

推　窗

兄弟离家日，
黄梅始熟时。
无眠消澈夜，
启牖听泉澌。

2004年5月9日晨5时福州西湖宾馆，会议刚结束，铁道部决定福州铁路分局划交南昌局。与大家感情深厚，实不舍也。

高铁上读书顿倦闭目而思

半生拼搏未成空，夙志还酬莫论功。
蠡海一抔甘束浪，追时三百自腾冲。
老来翻卷偿偏爱，少小寻真记寸衷。
回看西山林霭起，枯梅依旧沐东风。

追时三百：高铁时速超 300 千米/小时。

答赠毓贤馆员

西京听道睹瑶光，似享甘霖润旱秧。
举箸文华惊座客，援题话语也成章。
凤鸣岐岭甘秦远，才溢关中泾渭长。
高铁已驰千里外，仍怀嘉谊醉琼浆。

西京：指西安。
瑶光：北斗七星的第七星名。古代以为象征祥瑞。
岐岭：即岐山，是中华民族发祥地之一，也是周文化发祥地。
甘秦：指陕甘一带。
泾渭：泾水、渭水，是关中平原上的主要河流。

赠友人赴美洲公干

同候北球杨柳风，相跖坚白不相盈。

富奢二百依豪横，源远三千仗继赓。

枭鸷扬威迷恨海，华龙倡协卫和平。

愿君潇洒飘衫去，崖际观云任隼鸣。

相跖：脚底相对，指东西半球。

坚白不相盈：《公孙龙子·坚白论》："其白也，其坚也，而石必得以相盈，其自藏奈何？喻不可兼同。"

二百、三千：美国建国 200 多年；中华文明有文字记载已 3000 多年。

继赓：继续，延续。

送洪洲院长深圳履新席上作

八月卢公征粤海，倾樽攀拥惜淹徊。
杏林沪上交荫郁，名将鹏城拜燕台。
仗剑清襟南任去，捷书不日北传来。
劝君撷植红棉树，寄与辛夷一处栽。

攀拥：攀拦车马，拥塞道路。旧谓挽留良吏。
淹徊：俳徊，逗留。常指有才德而居下位。
荫郁：树阴浓密。
鹏城：指深圳。
燕台：指战国时燕昭王所筑的黄金台。拜燕台，喻指礼贤下士，予以重用。
清襟：洁净的衣襟，引申为高洁的胸怀。
红棉：广东一带的树，号称“英雄树”。
辛夷：即白玉兰，上海的市花。

和韩可胜君《七律·迎新》

啮透年关启日新，拱开岁锁馈香醇。
柳条恋旧留残叶，雪幕迎春润宿茵。
申沪河川推骇浪，皖徽才俊应时抡。
齐心更觉醺风暖，喜看江淮景致臻。

附：韩可胜君《七律·迎新》

金鼠催开岁月新，晴光明媚照天宸。
丝飘弱柳平湖晚，雪点香梅小院春。
海上丝路藏碧玉，皖国黄梅舞轻纶。
四海咸觉东风暖，嫣红姹紫次第臻。

啮、拱：此诗写于己亥、庚子之交，故鼠咬物曰“啮”，猪觅食曰“拱”也。
宿茵：指冬季的草根。
时抡：时运，时代选择。

祝邓伟志教授80大寿并和其赠咏怀诗作

伟思坚志杖朝年，鸿著齐身动地天。
冷看从初焉有事，敢攀昆阙采冰莲。
可期长寿颐双百，当击中流水三千。
甲子权为调半计，盼瞻新作付镌铅！

杖朝年：八十岁。古制，大臣年过八十允许撑着拐杖入朝。

“冷看……采冰莲”句：邓伟志著述甚丰，其中20世纪80年代发表的文章均在报刊上引起争论，被媒体称为“邓氏三论”“思想界的男子汉”。昆阙，昆仑山；冰莲，雪莲。

“可期……三千”句：期颐。《礼记·曲礼上》：“百年曰期、颐。”毛泽东诗句“自信人生二百年，会当水击三千里”，引之为用。

次韵和刘毛伢君《荷》

夺色红荷俏绿茵，
同生共长漾粼粼。
素知高洁虽修得，
更赖淤泥养玉身。

附： 刘毛伢君《荷》

月下婷婷着绿茵，清晖碧色共粼粼。
世间难得容高洁，宁向淤泥委玉身。

夺色：压倒其他颜色。

致友人

卸鞍未必意衰消，
易驾轻舟任水遥。
峦翠溪清鱼戏处，
垂纶由我不追潮。

作于 2020 年 11 月 5 日。

步毓贤馆员《处暑》

关中此日暑将除，吴越还须月半纾。
疫后良方求普度，昨前国策得真如。
神州清朗观新月，彼岸弥茫啸旧庐。
寰宇炎凉殊域异。毋忘南海贼窥渔。

作于2020年8月。

附：毓贤馆员《处暑》

节逢此日暑将除，余热还须半月纾。
烛引冤魂归普度，茶生药味得真如。
澄怀雨霁观新月，读易云封守旧庐。
悟透炎凉知天理，人生至境是樵渔。

普度：借佛家语。谓广施法力使众生普遍得到解脱。
真如：真实如常。

回　望

叶落枝轻瘦，俄然已晚秋。

远山还赭色，曲水尚涓流。

惯作湖边客，常看浪里鸥。

回望云渺处，恰有雁声咻。

湖畔独行

籍书偿夙愿，犹念往昔邅。
早晚仍三省，流光不计年。
自藏台上照，孰较旧时冠。
湖畔弥秋色，临风未感寒。

作于2021年1月16日。

籍书：用书籍代替卧席。此喻迷于诗书。
邅：艰难行进。

跋

发自心灵的歌

韩可胜

刘涟清先生是我尊敬的前辈，已经离开一线领导岗位十年之久。可是我首先要说的是，这本诗集，不是领导干部离开工作岗位后的“自娱自乐”——我并不是认为一个人退休之后自娱自乐有什么不好，事实上，“老有所乐”也是一个社会文明的标志。但这本诗集，的的确确不是为养老休闲而作，正如诗人所言“完全出于喜爱”，而这种喜爱，不属于某个特定的年龄段——只是在一线领导岗位时，没有更多的时间琢磨罢了。即便如此，在公务倥偬之中，诗人因为热爱诗歌，坚持创作并留下了不少诗篇，其中一些收入了这本诗集之中。或许这就是诗人将这本诗集命名为《倥偬集》的缘由所在。

《尚书》说：“诗言志，歌咏言。”《文心雕龙》说：“人禀七情，应物斯感，感物吟志，莫非自然。”这本诗集，是诗人几十年来发自心灵的声音，是情之所系，不得不说，不得不写。这样真性情的作品才能感动自己，进而感动别人。

诗集分了多个板块。大致上以题材进行区分。题材与风格之间形成了明显的对应关系，或劲健，或冲淡，或自然（参见唐代诗论家司空图《二十四诗品》），体现了诗人视野的广阔性、情感的丰富性、风格的多样性——而这都跟我们所处的时代息息相关。唐代大诗人白居易说："文章合为时而著，歌诗合为事而作。"德国诗人荷尔德林说："在贫瘠的时代里，诗人何为？"幸好我们生活在一个社会快速发展、变革风起云涌、新生事物层出不穷的时代，为诗人创作诗歌提供了无穷的宝藏。

比如说高铁的飞速发展，比如说近几年的全民抗疫，比如说中国的航天进步……这些都是我们这个时代独有的题材。以这些为题材的诗歌，诗人充分抒发了自己的家国情怀。区别在于，写高铁的诗歌，因为诗人亲身参与、是高铁历史的众多创造者之一而不仅仅是见证者，因此诗歌充满了责任感、自豪感和奉献精神："肩挑百担知轻重，意骛千方构细筹"（《秋高》）、"丹赤可融十丈雪，誓教天帝举降旗"（《战雪三吟·题杭州站职工斗风雪保畅通》），《战雪三吟》颇有陈毅同志《梅岭三章》的气概；写抗疫的诗歌，因为自己年近古稀，不能亲上战场，更多的老英雄壮心不已的慷慨之气："从来士庶情关国，自古书生愿请缨"（《读〈龙山诗群〉》）、"岁来宅舍情关疫，时为精忠泪潸然"（《春分闻武汉疫情三项全部归零》）。对胸中装着国家的人来说，国家的每一个进步，都是值得讴歌的。神舟十三号发射成功，诗人写道："月阙月圆时仰望，归来摘得满囊星"（《贺神舟十三号发射成功并赞三位航天员》），后半句一语双关，既暗含了航天员王亚平的5岁女儿要妈妈归来时“摘好多好多星星送给小伙伴”的童言童语，又有祝愿国家科技成果丰硕如群星漫天之意。同是望月，唐代诗人王建有“今夜月明人尽望，不知秋思落谁家”（《十五夜望月寄杜郎中》）的名句。两者比较，王建写的是家的感伤，诗人写的是国之期盼。都是好诗，两者着眼点还是不一样的。

写历史，诗人有着明显的大历史观，体现了超越一般创作者的驾驭能力和思辨精神。诗人隔着时间的距离，用当代的眼光，来整体审视一个朝代，而不是着眼于那个朝代的一点一滴、一事一情。《读史溯历史长河九首》，其中写《秦》《唐》《宋》《元》《明》，都是以朝代为名，一首七言律诗，就概述了一个王朝的兴衰——这是叙事的功底，还进而反思了一个王朝的成败——这是思想的力量。就叙事论，“贞观原映血刀光，盛世开元赖媚娘”（《唐》），这十四个字，浓缩了玄武门之变、贞观之治、开元盛世、武曌称皇，几乎就是大半个唐朝史。就思想论，“巨硕山崩惊蚁梦，天心民意自恢恢”（《元》），是不是元帝国也是所有封建帝国灭亡及其内在逻辑的写照?

所有板块之中，诗人写自己儿时的诗歌，写农村的诗歌，我是最喜欢的。或许我也是出身于农村，有很多同感使然，虽然我比诗人晚了接近一辈。

比如写儿时看社戏：“汽灯光闪悬摇树，观众场终转复回”（《忆儿时正月社戏情景》），一下子把我拉回五十年前的皖西南山村。比如写故乡，“刁猫伺鼠佯眯眼，雏鸟栖枝待哺莺”（《忆故乡竹林》），那个生动，非亲眼见者写不出。更加生动的还有《忆儿时故乡五首》：“檐头似是前年燕，径自衔泥垒旧家”（《小院》）、“童稚垂钩无诱饵，急寻蚯蚓掘泥巴”（《村塘》）、“慈母停织移盏火，恐儿蓬发惹燎烛”（《夜读》）、“阿爹挥汗浇畦菜，童子奔忙改水槽”（《小菜园》）、“扮装大帅无披挂，借姊花衫束腿前”（《小演员》）。唐人多写国，宋人善写家。宋代诗人之中，杨万里、范成大、辛弃疾、陆游都喜欢写乡村、写儿童，留下了很多佳句，但这么成组的写自己的儿时以及儿时的故乡，恕我孤陋寡闻，我在古人的诗词之中，还真的没有看到过。

诗人写农村的诗，那真是一派天真、纯真。“豆架凉棚无坐客，农家六月少人闲”（《农家》）、“帘帷早启迎秋日，蒿径穿云有负樵”（《秋兴五首·晨起迎日》）、“牵牛荷耙野塘边，才了村西二亩田”（《秋兴五首·对话老农》）、“斜飞燕子邀酥雨，使遣春风致晚晴”（《春雨初霁》）、“西岭尚无鸣布谷，却看春水涨青溪”（《湖边感春六首》之三）、“两三鸥鹭争萍戏，遥听渔哥唱笠蓑”（《渔歌》）、“独有芦荻环簇立，满头白发护青塘”（《吴越初冬》）……描摹生动，刻画细致，让我顿生田园之思。这些都是我理想中的农村生活，感谢新农村建设，感谢建设小康社会，这些昔日的梦想，都在逐步成为现实。“民亦劳止，汔可小康”（《诗经》），几千年来的全民期盼，在我们这个时代终于成为现实，能不让我们为之歌唱吗？

我们的生活，就是我们的诗篇。诗人刘涟清先生，亲历了很多，创造了很多，思考了很多，于是我们有幸看到了这些诗歌。在写这篇跋的过程中，还有很多好诗佳句，迫于篇幅，担心喧宾夺主，我没有引用，等待大家去感受发现的惊喜。感谢诗人的信任，我们经常就诗歌有所互动。我是晚辈，诗人再三嘱咐我写跋，我何德何能，又有什么胆量敢于题跋？只能写下一些读诗的感受，虽竭尽所能，也不过“以管窥天、以蠡测海”罢了。毕竟比起诗人，我的修为、见识要差得太多。我们有理由相信，有理由祝福，期待诗人刘涟清先生创作出更多更好的诗，记录自己的心灵，也记录这个伟大的时代。只要诗歌与时代同行，我们就走在大道上，在与时代同行。

2022 年 7 月 17 日

（作者系知名作家、文化学者，学习强国“节气解读”专题撰稿人、主讲人，上海江东书院创始人）

后记

我的这本名为《倥偬集》的小小诗集，似乎也像它的名字一样，略带匆忙地奉献给了读者。

本人是铁路工程师，也是铁路管理人员。向来以半军事化著称的铁路系统，就像一把永远拉开的弓，弦一直绷得紧紧的，虽然有序，但也少有喘息的闲暇。对处于一方指挥中枢的管理者而言，这种工作氛围似乎与“诗意”一点也联系不起来。所以有朋友问，你这个工科男、铁路人，怎么会爱上诗、写上诗呢？说真的，这句问话我似乎也找不出堂皇的理由作答，如果说有，那就是喜爱。

我出身农家，父亲是在私塾中读孔孟书十余年而又躬耕终生的农民。我记得自己六七岁时，家里还堆着不少书籍。上小学时，那薄薄的课本不能满足我的读书欲望，我就去翻那些线装书“充饥”，尽管有许多字不认识，还是能硬着头皮读出点味道来。后来，在那个特殊的年代，家里那一大堆线装书连同一些字画都被烧掉了。我被迫中断初中学习回乡，在学稼之余，只能找到什么书就读什么书。记得邻居家有一本中医《汤头歌诀》，我也借来熟背了不少页。后来条件好了一点，书也多了，这不断满足着我的读书欲望。我涉猎广泛，但读的更多的是鲁迅著作、各类史书、小说以及唐宋诗词。

我真正喜欢上诗歌是念高中的时候。语文老师不仅书法水平高，而且博学，同学们都喜欢听他讲课。他并没有教学生们如何写诗歌，但每当听他似乎把整个身心都沉浸在诗意中的吟诵时，我也深深地受到了诗的美的感染。我也尝试着写诗，当然了，与其说是诗，倒不如说是口号加顺口溜。记得我曾写过一首《题北京猿人头像》："……你要说什么，嘴巴都努着？你在想什么，眉毛还拧着？你的眼睛往前看着、看着，我想问问您——您是否看到五十万年后的世界和中国？"语文老师大大地鼓励了一番，我的兴致更高了。但后来上大学、参加工作，几年时间里，几乎没有写过诗，学习、工作任务繁重是一个原因，而更主要的是我陷入迷茫，渐渐地不太喜欢也写不好新体诗，想写又写不好格律诗。

二十世纪九十年代，改革新风吹遍中国的每个角落，也把世世代代与土地胶着在一起的农民吹出了村落，吹送到沿海城市的工厂。我难忘在风雪交加、天寒地冻的"春运"期间，大批的农民工背着蛇皮袋出行或归家；简陋狭小的候车厅容不下多少旅客，人们脚下踩着泥泞排队，在风雪里被冻得抖瑟；铁路交通不堪重负，铁路职工辛劳付出，社会上有着许多不理解和报怨……这些都使我心潮难平，总想写点什么以表达心情感受。我试着写了一些诗，但基本上都是随手写在纸片上，却也积攒了不少纸片，后来工作调动，辗转几次搬家，竟不知弄丢在哪里了。我想，要作为“诗”，那大抵是不足惜的，因为我自认为写的并不好，羞于示人；但作为一个个记载人生中历史场景的片段，一个个思想火花燃放的镜头，丢失了还是很有遗憾的。再后来，在铁路大建设、高铁时代、对外交往以及社会宏大的改革开放进步的潮流中，我作为亲历者，随时记下一些片断，日渐增积，倒也又写了不少。

重启我写诗的欲望是有机会、有条件大量阅读唐诗宋词，并深深地受其熏陶和感染。唐诗宋词的优美音韵、深邃意境、严谨遣字、充分洗炼，使我赞叹不已，心驰手痒。它能表达铿锵、委婉、缠绵和血性。它是一棵结满果子却难以攀摘的大树，诱使我一次又一次地攀爬。2011 年退出一线工作后，我更多地贴近社会现实生活，较系统地读了古今诸诗学名家的学术著作，获得感巨大。这种感受，我曾在《写诗十年》一诗表达体会：“埋根十载未蟠枝，迸发一朝展纵姿。闻奏仙歌人不见，只缘窗纸洞戳迟。”我自觉得由一个虽喜欢写诗但却习惯于随兴写来、信手丢去，不太懂、又不太在乎格律诗规则要求的莽撞人初步上了路，并悟到一点点个中滋味，心中有时也产生一丝浅薄的窃喜，但又随即否定了自己的想法。未入藩篱，何期殿堂！哪有像戳窗户纸那样简单的事情?！那是块石头，要经过笨笨地磨砺。

诗言志，亦言事言情。言由心生，诗由言凝。王国维先生认为诗词以境界为最上，境界又划有我无我之分野。袁枚倡诗须有言外之意，但为诗要有真性情，“格律不在性情外”。我在《诗悟四首》组诗中也表达了自己颇为矛盾的心绪。自忖己诗，情感尚真，假吟几无；直白者多，弦外之音少，有些颇似日记。我想也只能如此水平了，留待读者批评指正或嗤然一笑。

出这个集子，自所存的近500首诗中选出若干可能尚堪卒读者，时间大体始于2000年，止于2021年底，按类大致分家国情怀、怀古言志、铁路情愫、田园逸游、酬友唱和、即景杂感等板块。本诗集以近体诗为主，也有少量的古体诗、长排律，总计230篇。绝大多数都较为直白，所以注释也尽量简洁。

之所以出版此集子，与得到沪上知名出版人王联合编审的热情鼓励有关。承蒙著名诗人、作家、教育家、上海师范大学党委书记林在勇先生为拙作作序，知名作家、文化学者、诗评家韩可胜博士题跋。路毓贤、刘毛伢等方家先后给予诸多的指导；复旦大学出版社刘月博士等同志做了很多细致精准的编辑校对工作；金翔同志协助我做了很多文整等后期工作，诸多同事、朋友以及未曾谋面、仅在网上交流的诗词爱好者给予了很多支持和鼓励，在此一并致以诚挚的谢意！

刘涟清

2022年6月于上海

图书在版编目(CIP)数据

倥偬集/刘涟清著. —上海: 复旦大学出版社, 2022.8
ISBN 978-7-309-16146-5

Ⅰ. ①倥… Ⅱ. ①刘… Ⅲ. ①诗集-中国-当代 Ⅳ. ①I227

中国版本图书馆 CIP 数据核字(2022)第 045198 号

倥偬集
KONGZONG JI
刘涟清　著
责任编辑/张　鑫
书名题字/王联合

复旦大学出版社有限公司出版发行
上海市国权路 579 号　邮编: 200433
网址: fupnet@fudanpress.com　http://www.fudanpress.com
门市零售: 86-21-65102580　团体订购: 86-21-65104505
出版部电话: 86-21-65642845
上海盛通时代印刷有限公司

开本 850×1168　1/32　印张 8.375　字数 148 千
2022 年 8 月第 1 版
2022 年 8 月第 1 版第 1 次印刷

ISBN 978-7-309-16146-5/I · 1316
定价: 58.00 元
